a

文庫

マフィアの愛は獣のように

華藤えれな

イースト・プレス

contents

一　偽りの花嫁

「……っ……いけない……なにをするの、こんなところで」

いきなり腰を抱きこまれ、はっとした次の瞬間、セシリータは広々としたダンスホールの奥にある巨大な円柱に背中から押しつけられていた。

「これは罰だ、他の男と踊ろうとしたおまえへの」

「誤解よ……私は……っだめ……こんなところで……やめて……それ以上は……っ」

反射的に逃れようと、手のひらで男の肩を押しあげる。

けれど大柄な体躯《たいく》に覆いかぶさられ、圧倒的な力の差によって、セシリータはまったく身動きできなかった。

「やめて……やめ……っ！」

必死に抵抗しようとするセシリータの声を、男のくちづけが奪いとる。

「あ……っ……ん」

のしかかるように体重をかけられた状態で、唇をふさがれて息もできない。

唇のすきまから入りこんできた舌先に舌を搦めとられ、濃厚なくちづけに意識がくらくらとしてくる。

「ん……ふ……っ！」

気がつけば、骨張った男の指がふっくらとした乳房をわしづかんでいた。

薄いレースで覆われたドレスの布の上から荒々しく揉《も》みしだかれ、たまらずセシリータは全身をこわばらせた。

（どうしよう、こんな場所で。誰かにこんな姿を見られたら……）

そんな緊張感が反対にセシリータの身体を熱くしてしまう。たくましい指先で乳首をおしつぶすようにこねられるうちに、じわじわと身体の奥のほうに甘く蕩《とろ》けるような疼《うず》きが広がっていく。

「ふぅ……ん……っ！　っ……んんっ……っ」

喉から吐息混じりの声が漏れてくる。

今にも泣きそうな、それでいて甘さのこもった自分のかすれた声が恥ずかしくて仕方ない。誰かに聞こえるのではないか、と。

しかしそんなセシリータの声は、ダンスホールに響きわたる官能的なダンス音楽にかき消されていた。

しっとりと流れてくる音楽は、タンゴ・アルゼンチーノ。

けだるく甘美な二拍子の音楽。

円柱の裏側から、絡みあったふたりの影が白い大理石の床に細長く伸びているというのに、ほの昏《ぐら》いフロアではそれに気づくこともなく、みっしりと身体を密着させた十数人の男女がなやましくタンゴを踊っている。

「覚えておけ、おまえは俺のものだ、俺だけの娼婦だ。他の男に触らせるな」

「ん……やめ……違う…私は……っ」

断ったのに……と言いたいのだが、再び唇をふさがれ、次の言葉を続けることができなかった。

冷たい支配的な言葉とは裏腹に、思った以上に優しく、あたたかなくちづけだった。

「ふ……っ……んんっ……はあっ……んっ」

長く続くキスに舌が痺《しび》れ、意識が少しずつ朦朧としてくる。

男の手に揉みしだかれている乳房はいつしか内側からしこったようになって、薄いレースを押しあげるように乳首はぷっくりと尖《とが》っていた。

下腹のあたりにじわじわとした疼きを感じ、脚の間がとろりとした蜜で濡れているのが自分でもわかった。

（どうして……こんなことって……）

彼は心の底から自分を憎んでいる。

復讐《ふくしゅう》のためにセシリータを手に入れたと豪語《ごうご》している。そんな男だ。

それなのに鼓膜《こまく》に溶けてくるタンゴの旋律《せんりつ》に煽《あお》られ、セシリータの身体は燃えあがるように熱くなっていく。

タンゴ……きっとタンゴのせいだ、私がこんなふうになってしまうのは。

タンゴは、男と女の愛の踊り。

そしてセックスの交わりにも似た踊りだ。

ここブエノスアイレス——南米のアルゼンチンで広まった情熱と官能の踊りである。

もともとは波止場《はとば》で男同士が踊った踊りだった。いつしかそれは男と女のものになり、対等のふたりが闘うように愛しあう踊りという形に変化していった。

踊るときは、いつも互いの息が触れあうほどの距離で見つめあう。

手と手をとり、胸と胸をあわせ、身体をつなげるときのように足を絡めあわせ、腰を密着させながら、ステップを踏んでいく。

相手を挑発するように、それでいて激しく愛を伝えるように。

『この踊りは、俺とおまえの関係に似ているな』

いつのことだったか、タンゴの踊り方を覚え始めたころ、耳元でこの男にそんなふうに囁かれたことがある。

そのときは、まだよく意味がわかっていなかった。

どうしてこの踊りが私たちの関係に似ているのか。

これは、挑発しあい、闘うように愛しあう男と女の踊り。それなのに、どうして彼がそんなふうに言ってくるのかも。

(でも……今ならわかる。これが……私たちの踊りだということが)

濃密なくちづけと荒々しい愛撫に意識がくらくらとし、いつしかセシリータは目を瞑り、男の愛撫に身をまかせていた。

ふしだらで、不埒で、それでいて心地よいタンゴの音楽。このけだるく官能的な踊りを知ったのは、いつのことだったのか。

あれは……この男と再会してすぐのことだ。

この男がタンゴの話をしたのはその何日も前、再会した夜のことだ。別の男と結婚するはずだったその夜に誘われた。

『セシリータ、おまえにタンゴを教えてやる』――と。

＊

六月だというのに、スペインの南部アンダルシアには真夏のように容赦のない陽射しが照りつけていた。

街の温度計が、摂氏四八度を指した昼下がりになると、南欧——グラナダの町は、一斉に時間が停まったかのような静けさに包まれる。

大聖堂や大通り、住宅街や路地裏……と、町中から一気に人の姿が消えてしまうのだ。昼寝——シエスタの時間である。

一日で最も強い午後の陽射しが降りそそぐ時間帯、人々は昼食後、シエスタをとって難を逃れるのである。しかし暑さに負けず、グラナダの街の周囲には、あたり一面真っ黄色のひまわり畑が広がっている。強烈な太陽の光、雲ひとつない濃密な蒼《あお》い空。そして大地には果てしなく続くひまわり。

そんなアンダルシアの大平原に、セシリータが生まれ育ったフェンテス侯爵家の邸宅が建っていた。

真っ白な漆喰《しっくい》の壁と美しいターコイズブルーのタイル、アイボリーカラーの大理石で彩《いろど》られた宮殿のような建物の奥は、その日、二十歳をむかえる一人娘セシリータの婚儀を前に、華やかなあわただしさに包まれていた。

「すばらしい花嫁姿でございます、セシリータさま」

「まるでアルハンブラ宮殿の泉に咲く天人花《てんにんか》のようですね。真っ白で、甘い香りが漂う、夢のように麗しい花……」

「何という美しさでしょう、これなら花婿もご満足されますよ」

セシリータの姿を見て、使用人たちが口々に誉めたたえる言葉は、しかし本人の耳をあっさりと素通りしていく。

確かに誰もが美しいと称《たた》えるその風貌《ふうぼう》は、この国で最も有名で、優美な絵を残してきた画家エル・グレコの描く聖女たちと見まがうほどである。

くっきりとした大きな翠玉色の双眸《そうぼう》、ほっそりとした鼻梁《びりょう》、薔薇《ばら》色の唇。そして浅黒い肌の女性が多く住むスペイン南部にはめずらしい、透けそうなほど白い真珠のような肌。絹糸のような金髪を今日はゆるく巻いて結いあげている。

スペインの大貴族とフランスの大貴族の血をひき、たぐいまれな高貴な身分の女性として、幼いころから誰もがうらやむ贅沢《ぜいたく》な暮らしをしてきた。

(それなのに……こんな結婚をすることになるなんて皮肉なものね)

セシリータは憂鬱《ゆううつ》な面持ちで、側仕えの女性が自分の髪に淡いヴェールをかけていく様子を見つめていた。

スペイン南部アンダルシア地方一の侯爵家の美貌《びぼう》の令嬢と、人気絶頂の麗しい闘牛士との結婚――という世紀の大結婚のように世間では騒がれている。

けれど実際はセシリータが身売りをするようなものだ。

傾きかけた、この侯爵家を守るために。

時代は一九三〇年代。

セシリータの父親が、長く混乱していたスペインで内戦の犠牲《ぎせい》になったのは、五年前のことだった。生前、父は、セシリータを、幼なじみで、初恋の相手――イサークと結婚させたいと考えてくれていた。

孤児で使用人だったイサークとは身分違いだったが、父は彼の能力を高く買い、もし彼が社会的に成功を収めたら、セシリータとの恋が叶うよう、尽力すると約束してくれていたのだ。

『イサークほどすばらしい男性はいないよ。セシリータ、おまえは目が高いね。これからは古い身分制度とは関係なく、実力と知性をそなえた男が成功していく。イサークはまさにその象徴となるだろう』

父はそう言っていた。けれど今は、その父もいない。

昨年までこのグラナダは激しい内戦の嵐に包まれていた。

毎日のようにあちこちで銃撃戦があり、父もその流れ弾に当たって帰らぬ人となってしまった。

母はセシリータが幼いときに亡くなっている。

父の死後、侯爵家の家督を継いだのは五歳年上の兄のフリオ。

その兄と不仲だったこともあり、幼なじみのイサークは、三年前に戦争に行かされ、戦地で上官を誤って殺したために投獄されて処刑された。

『イサークは死んだよ』

兄から冷たくそう伝えられたときの衝撃は、今もセシリータの心に深い傷となって残っている。

そのあと、生きる気力を失い、しばらく起きあがれなくなった。絶望のあまり、何度も自殺も考えたが、イサークの喪に服したくて、修道院に入って修道女見習いの生活を送った。

それから三年……。

ようやく彼の死を受け入れることができ、イサークのため、静かに祈りの生活に身を捧げようと修道女になる決意をしたころ、突然、兄が修道院を訪ねてきた。

『頼む、セシリータ、おまえだけが頼りだ。侯爵家を助けると思って……闘牛士のリオネルの花嫁になってくれ』

一年前に内乱は治まったものの、気がつけば、兄はギャンブルにはまって父の財産をすべて食いつぶし、莫大な借金をかかえていた。

このままだと父が大切にしていた屋敷も、父が運営していた牧場も農場もすべて失ってしまうことになる。

追い詰められたフリオは、セシリータに結婚話を持ちかけてきたのだ。

『リオネルはおまえとの結婚を条件に、我が家の借金をすべて肩代わりしてくれたんだ。使用人たちへの給金も含めて。もう断ることはできないんだ、頼む』

『なにを言うの。私は修道女になるために、ここにいるのよ。まだ正式には修道の誓いは立てていないけれど、ようやく決心したのに』

『侯爵家の娘が修道女だと？　とんでもない。おまえには、侯爵家の命運、使用人たちの人生を守っていく義務があるんだぞ』

そう言って、兄はセシリータを修道院から強引に連れ出した。

一カ月前のことだった。

リオネルというのは、今、スペインで英雄といわれるほど絶大な人気を誇る正闘牛士――マタドールである。

『リオネルは、この国の英雄だ。彼の年収は、三百万ドルを超えている。借金を肩代わりしたあとも、侯爵家の親族としてこの家を支えてくれるそうだ。おまえが彼と結婚すれば、この侯爵家は救われる』

英雄と言われても、現世から離れていたセシリータには興味も何も湧かない相手である。

しかも彼はセシリータを愛しているわけではない。

ただ英雄にふさわしく、貴族の称号をもった身分の高い女性が欲しいだけだ。

闘牛は、この国の国民的祝祭——つまり国技である。

勇敢で、しかも美しい動きで牡《おす》の牛に立ち向かっていく闘牛士は、スペインの人々にとって憧れであり、夢のような存在であった。

長い間、国内で戦争が続き、社会不安にさらされてきた国民にとって、彼らの凛々《りり》しい姿は、明日を生きるための活力となっているようだ。

（それは私にもわかる。人間には、生きていくためのエネルギーが必要だから。がんばろうと励みにできる憧れの存在は、どんなときでも勇気を与えてくれるわ。私にとってはイサークがそうだった。だけど……リオネルは本物の英雄ではない。それに彼の性格が……どうしても私は好きになれない）

指にはめられたリオネルからの豪華な婚約指輪を見つめ、セシリータは重いため息をついた。

今、スペインでこれほど大きな宝石を贈られる女性は他にいないだろう。だが何の喜びもときめきも湧かない。

初めて会ったとき、リオネルはセシリータの姿を見るなり、にやにやとほくそ笑んだ。

『こんな美しい貴族のお嬢さまを毎晩抱けるとはね。闘牛で牛を殺したあと、血だらけになった身体を洗うたび、無性に誰かを抱いて、殺しの興奮を鎮めたくなる。この先、あんたを抱くことでその興奮が鎮められると思うと嬉しくて仕方ないよ』

（殺しの興奮を私で鎮めたいだなんて……。何て残酷な本性かしら）

きっと女性なら誰でもいいと思っているのだろう。

思いだしただけでもぞっとする。

だがそんなリオネルの性格を知らない女性たちは、彼の闘牛士としてのかっこよさだけに憧れ、誰もがセシリータの結婚を祝福する。

『リオネルさまは、今や、スペイン女性に一番人気のある男性ですよ』

『英雄と結婚できるなんてうらやましい。さすがセシリータさま』

『リオネルさまの闘牛は、この世のものとも思えないほど美しくすばらしいものですよ。そんな方とご結婚なさるなんて本当に素敵ですこと』

そんな言葉が耳に入ってこない日はない。

けれどいくら国民の英雄といわれる男でも、愛していない相手と結婚するのをセシリータは喜ぶことはできない。

「さあ、ご準備がととのいましたよ」

これからセシリータは、町中にある闘牛場へとむかう。

そこでリオネルの闘牛を観たあと、勝者となった彼とともに教会にむかい、神の前で愛を誓う筋書きだ。

（こんなおかしな結婚式があるかしら。二時間も花嫁姿のまま闘牛場で彼の闘牛を観てから、教会に行くなんて）

そもそも生きている牛を相手にして、絶対にリオネルが勝てるという保証があるのかどうか。

（今日、出場するのは、兄のフリオが経営している牧場の牛……。もしかすると、リオネルのためになにか牛に細工をしているのかもしれないわ）

時々、闘牛士のなかには、自分を有利にするため、牧場主に多額の金を払い、先に牛に細工をしておいて欲しいと頼む者がいる。

危険な角《つの》を削っておいて欲しい、薬物で弱らせておいて欲しい……など。父の代には、そういう不正をしないよう厳しく管理していたが、あの兄のことだ、金に目が眩《くら》んで不正をしている可能性もあるだろう。

けれど誰もその実態を知らない。表向きは、アンダルシア一の侯爵令嬢と、スペインの英雄リオネルとの華麗な結婚式なのだから。

（私は……今夜、彼の花嫁になるのね。まだ大人のくちづけもなにも知らないのに……いきなり好きでもない男のものになってしまうの？）

不安にひざが震える。

今夜、牛の血を浴びたあの男の、血塗れた手に抱かれなければいけないのか。

「さあ、早くセシリータさま。お車がお待ちですよ」

女中頭のトニアに手を差しだされ、うながされても、足が進もうとしない。

「どうなさいました、お顔の色が悪いですよ」

トニアが心配そうに問いかけてきた。彼女は、セシリータの乳母の娘で、乳姉妹の関係にあたる。

「いえ……大丈夫よ」

「あの……セシリータさま……さしでがましいことを申しあげますが、もしこのご結婚がおいやなら、どうか今のうちにお逃げください」

小声で耳打ちされ、セシリータははっと目を見ひらいた。

「トニア……」

「私、知っていますから。セシリータさまが誰を愛していらしたか。もしお望みでしたら、私たち、命に替えてもセシリータさまをお守りする覚悟ができています」

セシリータはその言葉に息を呑《の》んだ。

そうだ、古くからこの家に仕えている使用人たちは、みんな、セシリータとイサークの関係に気づいていた。

ふたりが身分を超えて、どうしようもないほど互いを愛していたことを。

セシリータがまだ十七歳になるまでの、幼くも儚い恋ではあったけれど、いつかイサークと結婚するつもりでいた。

(でも……もうイサークはいない。私は……この家と、ずっと仕えてくれている使用人たちを見捨てることはできないわ)

そうよ、前をむかなくては。守るべきものがあるのは幸せなことだから。

この三年間、イサークを喪った哀しみに囚われ、打ちひしがれ、家のことや使用人のことを思う気持ちが欠けていた。その間に、兄が借金だらけになっていることにも気づかなかった。

兄が使用人たちに給金を払っていなかったと知ったとき、セシリータは、このままではいけないと思った。

自分の哀しみだけに身をゆだねていては駄目だ。そんなことをしても、お父さまもイサークも喜びはしない。

イサークはいつも言っていた。

『セシリータ、あなたはアンダルシアのひまわりそのものだ。まっすぐ天にむかって生き生きと咲こうとする瑞々しい凛々しさ。その曇りのないあなたのひたむきな生き方は俺の憧れだ』

だから、その言葉を支えに、どんなに辛いことがあってもがんばって未来を切りひらいていこうと決意したのだ。

後ろをふりかえらず、前をむいて。みんなのためにも。

「トニア、心配かけてごめんなさい。でも私は大丈夫だから」

セシリータは笑みを作った。

(いけない、使用人たちに気を遣わせては)

彼女を含め、今、この邸宅に残っている使用人たちは、兄が借金をかかえていた時期、たとえ給金が払われなくても、ずっと侯爵家に忠誠を誓って、この家を陰から支えてくれていた人々だ。

セシリータがリオネルと婚約したことで、ようやく彼らへの給金も支払うことができたが、一番大変な時期に侯爵家を見捨てなかった使用人たちのためにも、弱気になって逃げ出すような真似《まね》はしたくない。

「私の心配は必要ないわ。それより他の使用人にも伝えて。私のことを案じるよりも、どうかお兄さまを見守って、支えてちょうだいと。もし彼がなにかまた愚行《ぐこう》を犯すようなことがあったら、必ず私に伝えて。この先、私がこの家を守っていくから」

「セシリータさま……」

涙を流すトニアのほおに、挨拶のキスをすると、セシリータは大きく息を吸って前に踏みだした。

勇気を奮い立たせようと、ドレスの上からネックレスを押さえた。首から提げたリオネルからの贈り物と似たデザインの、だが全く別のネックレス。

三年前の誕生日のときに、イサークが捧げてくれた世界で一番大切なネックレスだった。

『セシリータ、いつか必ずきみにふさわしい男になる。これはその約束の証』

イサークが誓ってくれた大切な形見の品。

セシリータは懸命に心のなかで自分を奮い立たせた。

私はこのまま終わったりしない。どんな目にあっても負けたりはしない。

あの人に恥じない生き方をしていく。

そうよ、負けてはいけない。

たとえ兄の不始末でかかえてしまった借金であっても、侯爵家の娘として生まれた以上は、この家を護ることが私の仕事だ。

父が遺した邸宅、広大な牧場や農場、それから大勢の使用人たち。そしてなによりこの地の文化を愛してやまなかった父が護ろうとしてきたグラナダの芸術的な建物や美術品。そのすべてを私が護っていく。

セシリータはもう一度、胸のなかで強く決意をし、祝福のために集まった市民たちにほほえみかけた。

「今日は本当にありがとう。皆様にも神の祝福がありますように」

大丈夫、もう震えたりしないわ。リオネルを怖れたりもしない。運命に泣いたりもしない。絶対に負けない。

堂々と、凛として、侯爵家の娘の誇りを支えに前をむいて生きていく。

「おめでとうございます、何て綺麗な花嫁でしょう」

「お幸せに、セシリータさま」

口々に称えられながら、車に乗りこむ。

ウェディングドレス姿のセシリータを乗せ、車が市街地へと進んでいく。

侯爵邸のまわりは、地平線の果てまでレモンイエローをした美しいひまわりが群生しており、午後の美しい陽射しがきらきらとまばゆく煌《きら》めかせている。

大聖堂近辺を通ったあと、セシリータを乗せた車はやがてグラナダの目抜き通りへとむかう。

遠くにアルハンブラ宮殿が見える。

あのむかいの丘には、かつてはアラブ人たちが住んでいたアルバイシン地区が広がっている。

そしてさらにそこから坂道をあがったところに、今もジプシーたちが暮らしているサクロモンテの丘がある。

そこは、イサークとセシリータが幼いときに過ごした場所である。

西洋と、アラブと、ジプシーとが混在した都市グラナダ。

愛おしい故郷。イサークとふたり、子供のころはここでずっと暮らしていくものだと思っていた。

車は過剰なバロック装飾が施されたカルトゥーハ修道院の前を通り、やがて古い歴史を誇るグラナダ大学の前を通りぬけたあと、闘牛場に到着した。

（本当はイサークが闘牛士になるのを楽しみにしていたのに……）

闘牛はこのスペインにとって、最もスペインらしい芸術だろう。

大勢の観衆が見ている円形の闘技場で、人間と牛とが命をかけて闘う国技である。国民たちの祝祭行事のひとつであり、現在のスペインの支配者が闘牛の大ファンということも手伝って、セシリータが結婚するリオネルも国民的英雄といわれている一人だ。

闘牛場のまわりには大勢の人だかりができ、熱気にあふれていた。

「どうぞこちらへ」

案内され、来賓用の席へとむかう。

国王や将軍が座れるようにと用意された席に、セシリータは、白いドレス、白いヴェールをつけたまま座った。

「美しく仕上がったようだな」

兄のフリオが現れ、セシリータの隣に着席する。

茶色の髪を綺麗に整え、漆黒の礼服に身を包んだ姿は、生前の父ほどではないにしろ、貴族の若者らしい優雅さにあふれている。

「闘牛が始まると、リオネルがおまえに帽子を捧げる。今日のこの闘牛をあなたに捧げると言ってな。帽子を受けとり、彼の闘牛が終わったあと、帽子を返すのと一緒にこれをリオネルに渡しなさい。勝者への愛の証明として。グラナダ市民の前で」

美しく赤い薔薇の花を一輪だけ渡される。

「勝者って……でも、彼が絶対にすばらしい闘牛をする保証でもあるの？　お父さまは言っていたわ、闘牛は一期一会の真剣勝負だから美しいと。生きている牛を相手にするのだから、一回一回が真剣勝負でどうなるかわからないはずでしょう？　それなのに、どうしてリオネルが勝つというのが、始まる前からわかっているの？」

兄はふっと微笑した。

「リオネルは天才、スペインの英雄だ。それに今日は、彼のためにうちの牧場の特別な牛を用意している。だから大丈夫だ」

「牛の角に細工をしたの？　それとも弱らせた牛を用意したの？」

セシリータが小声で問いかけると、フリオが忌々しそうに睨《にら》みつけてきた。

「そういうことを口にするのはやめなさい」

やはり、そうらしい。最初から示しあわせ、リオネルがやりやすいように八百長《やおちょう》闘牛をするつもりなのだ。

「だめだわ、お兄さま、そんな卑怯なことをするのはやめて。お父さまの意思に反するわ。お父さまは、世界一、勇猛な牛を育てたいと、誇りをもってうちの牧場を経営し、闘牛士たちのパトロンになって、この国の文化の発展に尽力していたわ。それなのに、どうしてそんなひどいことを……」

「仕方ないだろう、リオネルに借金を立て替えてもらったんだ。彼を英雄にするため、協力できることがあるのなら協力するしかない。おまえだって、使用人を路頭に迷わせたくはないだろう」

「……っ！」

　こみあげてくる激しい憤り、今にも泣きたい気持ちを必死にこらえ、セシリータは手のなかの薔薇を見つめた。

　やがて時計の針が午後六時を指すと、円形の闘牛場に甲高いファンファーレが響きわたり、金色の刺繍をつけた優美な衣装を纏《まと》った闘牛士たちが入場してくる。

　その中央にいるのがリオネルだった。

　金色の髪、琥珀色の眸《ひとみ》、スペイン中の女性たちの憧れの英雄と称されるだけあり、一見すると、彼の愁いを感じさせる端麗な容姿は、見る者の心を奪うだろう。

「この闘牛をあなたに捧げます。私の愛する花嫁どの。今宵、この闘牛で勝者となった男に、どうか女神として愛を捧げてください」

客席の下に立ち、リオネルがそう言ってセシリータに帽子を投げる。

放物線を描いて跳んできた帽子をセシリータがつかむと、会場中の人々が一斉に拍手喝《かっ》采《さい》した。

（せめて……せめて……彼が本物の心をもった闘牛士であったなら。その昔、お父さまが育てようとしていた、本物の英雄なら……）

セシリータは虚しい気持ちで頭上を見あげた。

強烈なアンダルシアの陽光が降りそそいでいる。

今日の気温はきっと五〇度を越えている。

容赦のない太陽の光にじりじりと焙《あぶ》られた闘牛場の黄色い砂が、視界のなかで蜃気楼のように揺れている。

そのあまりのまばゆさに意識が眩みそうになったが、セシリータはどっと大地をゆるがすような震動を感じ、一瞬で我にかえった。

闘牛場を牛が走っている震動だった。

「違う！　あれじゃない、あの牛は違うっ！」

隣の席のフリオが顔を引きつらせて叫び、手すりから身を乗りだす。

「あれじゃないって？」

どういうことなの……と問いかけようとした瞬間、荒々しい咆哮《ほうこう》をあげ、リオネルの前に漆黒の巨大な牡牛がむかっていく。

さっと赤い布を持って、リオネルが牛の前に踏みだしたそのときだった。

「危ないっ！」

観客の叫び声が響きわたる。牛の身体を避けきれず、はじかれたようにリオネルの身体が吹き飛び、地面に倒れていく。

どさっと音を立ててリオネルが倒れこんだその上から、六百キロ近い巨大な牛がのしかかろうとする。

「……っ」

セシリータは大きく目を見ひらき、呆然とした顔で手すりから身を乗りだして闘牛場を見下ろした。

間一髪で助手たちに助け起こされ、リオネルが待機所に連れていかれる。ぐったりとしているが、命に別状はないようだった。

「どうしてあの牛が……あれは用意していたものじゃない」

「お兄さま、どういうことなの」

「まちがいだ、まちがって、別の牛が出てしまった。だからリオネルは……」

今、リオネルを倒した牛は八百長のために用意したものではなく、本物の凛々しい牛だったらしい。

「まずい……リオネルの様子を見てくる」

フリオが立ちあがりかけたそのとき、すっと待機所の脇を通って闘牛場に出てくる男の姿があった。

黒のスーツに身を包み、男は赤い布を手にして優雅に闘牛場に降り立つ。

「誰だ、あれは……飛び入りか？」

「ああ、飛び入り野郎だ」

観客席がざわめく。

昔から、闘牛士志願者がいきなり現れ、闘牛をすることもあるのだが、そうした血気盛んな若者たちとは明らかに異質な、超然とした風情の男の姿に、場内全員の視線が注がれる。

あれは……！

一目で上質とわかる漆黒の上下を身につけた、長身の整った風貌の男性だった。

「そんな……」

その顔をはっきりと確かめた瞬間、激しいショックにセシリータの全身が震える。

息もできない。気づかないうちに、手からひざの上に薔薇の花が落ちていた。

うそよ、どうして彼がここに――――。

ドクドクと激しくなっていく動悸《どうき》が胸壁の内側で脈打つ。

セシリータは信じられないものでも見るような眼差しでその男の姿を凝視した。

漆黒のさらりとした髪、どこか陰鬱そうな空気を孕ませた昏い眼差し。端整で、シャープな風貌からは、周りにいるプロの闘牛士たちよりも、ずっとストイックな危うさが漂う。

あそこにいる男は——間違いない、イサーク……彼だ。

（生きていたの？）

唇を震わせ、眸に大粒の涙を溜め、我を忘れたようにじっと見ているセシリータに気づき、男がこちらに視線をむける。

やはりイサーク……！

ああ、生きていた。イサークが生きていた。

間違いない。やはりあれはイサークだ。

だけど……なぜ……。

イサークは……戦争に行き、上官を殺して逮捕され、刑務所に追いやられ、処刑されたと聞いている。

その上官というのは、当時、セシリータが仕方なく婚約した男だった。

その男と婚約したら、イサークを戦争に行かさないで済むと思ったからだ。

しかし、セシリータの婚約の真の理由を知らないまま、イサークは自ら志願して戦争に行ってしまった。

そして処刑されたイサーク。

もしかすると、自分のせいで彼が処刑されたのではないか。彼を助けることがなにかできなかったのか。

ずっとそんな自責の念を感じていたが。

(よかった……では処刑されなかったのね。よかった、生きていて)

しかしそんな喜びを実感するよりも前に、セシリータは彼から自分にそそがれる鋭利な眼差しに全身をこわばらせた。

「……っ！」

イサークの目。あきらかに自分を憎んでいるような、その鋭い眸に射すくめられたように、セシリータは震えた。

(そうだわ、彼は……私を憎んでいるのだった)

兄の命令で、無理やり婚約させられたことをイサークは知らない。

それがイサークを戦争に行かせないための交換条件だったことを彼は知らない。

セシリータに裏切られたと誤解し、絶望を感じて戦争に行ったのだから。

三年ぶりに見る彼は、その顔立ちも体躯も以前と何ら変わらない。

けれど彼の全身から漂う空気に、セシリータは激しい違和感を抱いていた。

以前のイサークは、知性に満ち、静けさを漂わせたような美しい青年だった。いつもおだやかで、静謐《せいひつ》にして清澄《せいちょう》な朝の森のような清々しい雰囲気の。

しかしそこにいる男からは、清澄な空気はなにも感じない。おだやかさも優しさも。それどころか、どこか荒《すさ》んだ黒い空気とでもいうのか、危うく凶悪な雰囲気をその全身に纏っていた。

一体、この三年の間に彼の身になにがあったのか。

地獄を生き抜いてきたような、どこか凄絶な空気に圧倒され、セシリータの鼓動が大きく胸壁の内側で振動している。

喜び、なつかしさ、慕わしさ、愛しいといった感情よりも驚きのほうが大きかった。動転しているせいか、他の一切の感情ははじけ飛んでいた。

彼が生きていたこと、さらにその雰囲気が以前とまるで違うものになっていること。

その二点にセシリータは激しく動揺していた。

しかしイサークは、セシリータとは対照的に恐ろしいほど冷めていた。

一瞬、目を眇《すが》めてセシリータのいるほうを一瞥したものの、すぐに視線をずらし、さっきリオネルを傷つけた牛にむかって歩いていった。

観客は彼に圧倒されたように拍手を送っている。

「あいつはまさか……イサークじゃないか。くそ……生きていたのか。いや、それよりも、あいつ、飛び入りでする気なのか。やめさせろ！」

フリオが声をあげる。この闘牛場のオーナーでもある彼が中止を言い渡せば、すぐに闘牛は終わってしまう。

セシリータはとっさに立ちあがろうとした兄の腕を止めていた。

「待って。だめよ、観客が拍手を送っているわ」

「なに……」

「あの動き……観客が期待しているわ。今……止めたら、騒ぎになるわよ」

無意識のうちにそんなことを言って、セシリータはイサークの闘牛を中止させようとする兄を説得していた。

イサークはあたかも祭壇に敷く神聖な布のように赤い布をひるがえして、漆黒の牛を布のなかにおよびよせる。

その姿は、素人の闘牛士志願者の動きではない。完璧なまでに訓練し、牛をコントロールする方法を体得したものだった。

闘牛場の中央では、牡牛とイサークの影が大地で濃密に絡みあっている。

彼が赤い布を巧みに動かし、美しく牛をかわしていくたび、観客たちが熱狂し、闘牛場に歓声が轟《とどろ》く。

「オーレっ！」

彼が何のためにここに現れ、どうしていきなり飛び入りで闘牛をしているのかはわからない。

自分への愛情がもうないことはわかっている。

それでもこうして、一点の曇りもなく、正々堂々と勇猛に美しく闘牛をしているイサークの姿を見ていると、彼の『生』を喜ばずにはいられない。

それと同時に、リオネルと違い、彼が真の勇者であることにも誇らしさを感じる。

（お父さま……イサークが生きていたわ。戦争で死なずに還ってきたわ）

父は本物の闘牛士にしようと、イサークのことを大事に育てていた。

イサークもそんな父に従い、誰よりも熱心に闘牛士になる訓練をしていた。

学校の勉強、使用人としての仕事の傍ら、どんなに疲れても、どんなに大変でも愚痴ひとつこぼさず、黙々と。

『大きくなったら闘牛士になって、俺はスペインの英雄として活躍します。そしてセシリータさまにプロポーズします』

そうだ、セシリータが結婚したかったのは、リオネルではない。

スペインの英雄になって欲しかったのもリオネルではない。

ここにいる彼――イサークだった。

割れんばかりの喝采。興奮している観客たち。完全に今日の主役はイサークだった。

彼は最後まで見事に闘牛をやり終えると、観衆からの大喝采を浴びながら、静かにセシリータの席の下まで進んできた。

(イサーク……)

セシリータは息を殺した。

「セシリータ、その帽子をこちらへ」

イサークがセシリータを見あげる。

「これはあなたの帽子ではないわ」

セシリータは震える声で返した。

本当は、すばらしかった、感動した、お父さまもきっと天国で感動していると伝えたい。けれどこの場でそれはできない。

「では、真の勇者のためにその花を……」

イサークがセシリータの手元の薔薇に視線をむける。

「でもこれは……」

セシリータはぎゅっと薔薇の茎をにぎりしめた。

これはリオネルに渡すものだった。

婚約者として、勝者の彼をねぎらうために。イサークに渡してしまうと、彼への自分の気持ちを証明してしまうようでためらわれた。

今、この場にいないとはいえ、そんなことをしたら誰かがリオネルに伝えるだろう。そうすれば彼が怒ってしまう可能性もある。

セシリータがとまどっていると、まわりの観客たちがざわめき始めた。

早く投げればいいのに。彼の勇敢さを誉めないのか！　という非難の声が闘牛場に反響し、セシリータはイサークを見下ろした。

「わかったわ」

そう、これは今の闘牛への喝采の代わり。決して彼への気持ちを伝えるものではない。心のなかで自分にそう言い聞かせ、セシリータは、赤い薔薇を指先から落とした。

すぅっと風に乗り、ゆっくりと舞うように薔薇の花が落ちていく。

やがてそれはセシリータの座席の二メートルほど下――その間に観客たちもいたが、無事にイサークの前へと落ちていった。

手を伸ばして落ちてきた薔薇を受けとったイサークの姿に観客がさらなる喝采を送る。

イサークは艶やかな笑みを浮かべ、薔薇の花びらに軽くキスをした。

「それから、俺のところに」

「え……」

セシリータは聞きかえした。

「あなたは勝者のものになるのでは？　その花嫁姿は、今日の勝者のために用意されたものだとおうかがいしましたが」

「な……」

驚きに目をみはるセシリータを見あげ、イサークは口元に歪んだ笑みを浮かべた。

「傾きかけた侯爵家の令嬢が、勝者の花嫁となるシナリオ。そのために、細工された牛を使って八百長をして、強引にリオネルを勝たせる茶番劇。今夜の闘牛はそういう筋書きで進行していたのではないですか？」

斜めにこちらを見あげ、イサークが挑戦的に言うと、観客席にざわめきが広がる。

「あいつ……よくも」

フリオが胸に手を入れ、拳銃をとろうとする。そのことに気づき、セシリータははっとして兄の動きを止めた。

「待って、いけないわ、こんな場所で」

兄は大貴族だ。闘牛場のオーナーとして、飛び入りで強引に闘牛をした男を銃で撃ち殺したとしても罪には問われない。

「セシリータ……だが……」

「お兄さま、おやめになって。私の結婚をあんな男の血で汚さないで」

あんな男と呼ぶことで、兄に決して彼を庇《かば》っているわけではないと思わせないといけなかった。

もし今もまだ彼だけを愛しているということを知られたら、兄がイサークにどんなことをしでかすかわからない。

（お兄さまは……世界で一番イサークを嫌っているから）

イサークのほうが父に期待されていたこと、セシリータが彼を愛していたこと、彼の知性、才能、そして人間性……そのすべてに兄は劣等感を抱き、嫉妬し、いつも激しい対抗心を抱いていた。

セシリータは立ちあがり、毅然《きぜん》とした態度でイサークを見下ろした。

「あなたも恥を知りなさい。このような場所で私を侮辱することは許しませんよ。私はあなたとは結婚しません」

「いえ、あなたは勝者のものです。この花も……そしてあなたも俺のものです」

「お願いだから、闘牛場から出ていって。私の結婚式をこれ以上、壊さないで。私はリオネルと結婚します。たとえ、勝者があなたでも、私の結婚はもう決まっているのです。だから、早くここを去りなさい」

セシリータは強く命令するように言った。

さすがに業を煮やしたのか、隣にいた兄のフリオが立ちあがって後ろにいた警備員たちに命令をする。

「あの飛び入りを追い出せ。場合によっては殺してもかまわん」

フリオの言葉にまわりの警備員たちが銃を手にイサークのもとに下りていく。闘牛場の観客たちが驚いて立ちあがり、あたりが騒然《そうぜん》とし始める。

「わかりました、あなたのご命令に従います、セシリータさま」

イサークは慇懃にそう言うと、警備員たちが近寄る前にその場を離れた。大勢の客にまぎれ、気がつけばその姿はもうなかった。

（イサーク……生きていた……生きて……いた。でもいきなりあんなことを）


教会の鐘の音が聞こえる。

闘牛の二時間後、セシリータは教会の控え室にいた。花嫁姿を整え直したセシリータのもとに現れたフリオが忌々しそうに呟く。

「あの野郎、逃げ足が速くて行方がわからない。どうせ我々に復讐しに現れたんだろう。結婚式をつぶされないか心配だ。一応、警備は強化しておいたから、あいつがまぎれこむことはないだろうが」

「あの人は……復讐のためにもどってきたのね」

「そうだ、あいつは我々への憎しみと復讐のために地獄からもどってきた悪魔、いや、死神だ」

死神――。

その言葉がセシリータの胸に重くのしかかる。

「私は勝者のものになるって言ってたわ」

「バカなことを。おまえはリオネルと結婚するんだ、あいつに邪魔はさせない」

「でも……お願いだから、血は流さないで。結婚式の日に不吉なことだけはしないで、お兄さま」

「わかっている。おまえの結婚は、侯爵家の存続のために必要なことだ。この家を守るため、おまえはリオネルに愛されることにつとめろ。頼んだぞ、セシリータ」

家の存続のため。そう、そのために結婚する。

(そうよ、もう彼もあのときの彼ではないだから)

セシリータを含め、侯爵家への憎しみが彼のなかに存在する。

(私は彼を助けることができなかったから。いえ……私のせいで彼があんなふうになってしまったのだから)

セシリータは何度も自分に言い聞かせた。

「さあ、行くぞ、セシリータ。我が妹ながら、恐ろしいほどの美しさだ。この結婚は、グラナダの伝説になるだろう」

フリオに手をとられ、教会の入り口へとむかう。

高らかに鳴り響くパイプオルガンの旋律。

教会のまわりには、セシリータとリオネルの結婚を見届けようと、大勢のグラナダ市民たちが押しよせている。

そのなかにイサークの姿はない。

扉がひらき、何百というろうそくの火が灯った教会のなかで、白い闘牛士の衣装に着替え直したリオネルがたたずんでいる。

（いいのよ、ここに来ないほうが。来たら、お兄さまが射殺してしまう可能性だってあるのだから）

そうはいっても、イサークが侯爵家への復讐のためにもどってきたのなら、今日のこの結婚式に現れないはずがない。

（……でもどうすればいいの？　彼が来てしまったら）

胸騒ぎがして落ち着かない。

聖堂内には司祭や助祭たちが一斉に祭壇の前に集まり、セシリータがフリオとともに入ってくるのを待っている。

優雅にドレープの広がった白いドレスに、純白の薔薇のブーケを手に持ち、顔の前から背中をすっぽりと覆う白いヴェールをかぶり、セシリータは静かに祭壇の前へとむかっていた。

「美しい、さすが俺の花嫁だ」

神父の前で待っていたリオネルが独り言のように呟く。

「あの男……勝者にならなかったのに、よくあんなに堂々としていられるな」

参列者の席から、揶揄《やゆ》するような声が聞こえてくる。

侯爵家側からの出席者は古くからの貴族たちばかりで、リオネルのような出自の者を好んでいない紳士淑女が多い。それでもスペインの英雄だから、今は立派になったから……と彼を黙認していた。だからこそ、闘牛場でリオネルがあのような無様な姿を見せたことに、軽蔑の眼差しをむけているのだろう。

「それでは、結婚の誓約を。会場の皆様、どうかご起立ください」

神父の言葉に、一斉にそこにいる招待客が立ちあがる。

「リオネル・マルティネスとセシリータ・デ・フェンテスの結婚式を始めます。この結婚に正当な理由で異議のある方は、どうか申し出てください。異議がなければ、結婚式を続けます。どうか今後の申し出はなきように」

儀礼どおりに式が進行していく。

「セニョール・リオネル・マルティネス、あなたは、隣にいるセシリータ・デ・フェンテス嬢を、健康なときも、病のときも、富めるときも、貧しいときも、良きときも悪しきときも、生涯、敬いなぐさめ、助け、変化することなく愛することを神の前で誓いますか」

「はい、誓います」

リオネルが答える。

「では、セニョリータ・セシリータ・デ・フェンテス、あなたは、この隣にいるリオネル・マルティネスを、健康なときも、病のときも、富めるときも、貧しいときも、良きときも悪しきときも、生涯、敬いなぐさめ、助け、変化することなく愛することを神の前で誓いますか」

誓うか――誓わなければならない。

「……はい」

セシリータは答えた。もう一歩も下がることはできない、そう思いながら。

「あなたたちは、自分自身を、お互いに捧げますか」

神父の質問に、形式的に答える。

「はい」

「ではヴェールをあげてください。神の前で誓いのキスを」

神父にうながされ、リオネルがセシリータのヴェールをとる。教会のろうそくの光を反射して、彼の衣装に刺繍された金色の装飾がまばゆく煌めいている。

「綺麗だ、さすがは俺の花嫁。最高級のドレスがよく似合うな」

「最高級の衣装はあなたのほうじゃない。私よりも花嫁みたいね」

精一杯の反発心からセシリータが呟くと、ふっとリオネルが微笑する。

そのとき、ふいに外にざわめきが広がった。

「……その結婚に異議あり」

低く硬質な声が響いたかと思うと、ギィィと重苦しい音を立てながら、教会の木製の扉がひらかれる。

はっとセシリータはふりむいた。

グラナダの街を包む甘い花の香りが一気に聖堂に入りこんでくる。

続いて、一斉にろうそくの火が消える。

かろうじて数本消え残ったろうそくだけが妖しく揺らめくなか、漆黒の衣服を身につけた男のシルエットが白い大理石の床に細く長く刻まれた。

「――――っ」

セシリータは息を呑んだ。

イサーク……。

扉の前に、すらりとした長身の男がたたずんでいた。

「セシリータは闘牛の勝者のものになる約束だ」

扉の前に立つ男の言葉にあたりがざわめき、パイプオルガンの音も消えていた。

「さあ、こっちへ来るんだ」

闘牛場のときとは違い、尊大な命令口調だった。完全に自分が支配者であるかのような居丈高な態度に圧倒されそうになる。

「なにを言うの。今、私はリオネルに愛を誓ったのよ」

「結婚は無効だ。今日の闘牛に勝ったのは俺だ」

「何だと」

リオネルがイサークのもとにむかおうとした。

そのとき、入り口から数人の男が教会に現れ、祭壇や客にむかって銃口をむけた。

全員が硬直している。

(なに……これは)

セシリータは息を呑んだ。

「花嫁を連れていく。命が惜しければ、じっとしていろ」

イサークがそう言って祭壇の前にやってくる。

彼の手にも拳銃。

誰もが身動きがとれない。司祭も助祭も、そして招待客も彼に圧倒されたように息を殺し、固まることしかできない。もちろんフリオもリオネルも。

イサーク――――。

まばたきもせず、目を見ひらいて立ちすくんでいるセシリータの前にむかうと、イサークはおごそかな表情でセシリータに手を伸ばした。

「おまえは俺のものだ」

そのとき、彼から仄かにシトラスの香りがした。

なつかしい彼の香りだった。

かつて嗅《か》ぎ慣れていた香りが甘い糸のように絡みつき、身体の底に沈んでいたなつかしい記憶が呼び覚まされそうな気がした。

「俺はおまえに復讐するためにもどってきた」

彼はセシリータの手をとり、そこにはめられていたリオネルからの指輪をはずす。

「離して。なにをするの」

「俺は勝者としておまえを奪いにきた。それが俺の復讐だ」

「そんなに……私が憎いの？」

「当然だ、そのためだけに生きてきた。処刑を逃れ、地獄を這いずりまわり、のしあがってここまできた」

「……っ」

あれは誤解よ。私はあなたを裏切っていない。

そう伝えたい。けれど兄のいるこの場でそれを口にすることはできない。

それに自分はリオネルと結婚しなければならない。彼が肩代わりしてくれた借金、それ

から使用人たちの生活、父の遺した牧場、そのすべてを守るために。

「あなたが私に復讐したいというなら、それは仕方ないわ。でも結婚だけはできない。私はリオネルの花嫁になるの。それが私の選んだ人生なの」

セシリータがきっぱりと言ったその瞬間、イサークはふっと口もとに歪んだ笑みを浮かべた。そして声をあげて嗤《わら》った。

聖堂に響く彼の声。そこにいる全員が硬直し、ただただ凝視することしかできない。

そんななか、ひとしきり嗤うと、イサークはセシリータをにらみつけた。

「結婚だと、バカなことを。俺はおまえと結婚する気はない」

「イサーク……」

セシリータは目をみはった。

「復讐すると言っただろう。おまえを俺と同じ地獄に堕《お》とすためにもどってきた。なのに、花嫁にしてどうする」

低くひずんだイサークの声に、セシリータは我知らず震えていた。

彼の心に深く濃い闇がある。この三年の間に、彼はすっかり変わってしまったのだと改めて痛感した。

「私に……なにを望んでいるの」

「情婦にする。俺専用の情婦として、穢らわしい境涯《きょうがい》に堕とす」

「……っ」

セシリータの手を引き、イサークが教会の出口へとむかおうとしている。

「待って……やめ……」

イサークは抗おうとしたセシリータの身体を抱きあげた。

「おまえに逆らう権利はない」

セシリータを胸に抱き、イサークが突き離すような声で吐き捨てる。

見あげると、禍々《まがまが》しいほど美しい闇色の双眸が冷たくセシリータを捉えている。

セシリータはイサークの妖しい情念に全身が拘束されていくのを感じた。

憎しみ？　それとも復讐？

私を穢し、地獄に堕とす……それであなたは満足するの？　そんなことのためだけに生きてきたの？

「待て、なにをするんだ、セシリータを返せ！」

リオネルやフリオが前に出て引き留めようとするが、銃をもったイサークの部下がそれを阻む。セシリータはイサークの腕に搦めとられるようにして、教会の前に停めてあった車に乗せられる。

「やめてっ、離してっ！」

「抵抗しても無駄だ」

イサークが後部座席にセシリータを押しこむと、運転手が車を発進させる。

車はグラナダの市街地を走っていく。

イサークの手が腕をつかみ、セシリータはいきなりアイマスクで目隠しをされてしまった。

「やめて……どうして」

「おまえが逃げないように」

「どこに行くの？」

セシリータは尋ねた。

「タンゴの国だ……俺の国に……」

「タンゴの国って……」

「セシリータ、おまえにタンゴを教えてやる」

「え……っ」

意味がわからず聞きかえしたそのとき、いきなりすっと肩を抱きこまれ、イサークの唇に唇をふさがれた。

「ん……っ」

ツンとした清涼感のあるシトラスの香りがした。

イサークの持つ昏さとはうらはらの、柑橘系のさわやかな香りが唇のなかに流れこみ、荒々しく舌を搦めとられていく。

気がつけば、濃密なくちづけをされていた。

「あ……っん……ん……」

生まれて初めての経験だった。

神の前でリオネルと誓いのキスをかわす前に攫《さら》われ、目隠しをされ、こんなところでイサークから屈辱的にキスをされている。

それなのにシトラスの切ない香りがなつかしい記憶を呼び覚まし、セシリータの胸を締めつけていく。

どうして自分はこんなことをしているのか。

どうして彼に抗えないのか。

このままどうなってしまうのか。

復讐を受けることになるのか。

果たして彼の復讐はどんなものなのか。

そんな不安とともに、真っ暗な視界のなか、しかし初恋の男の腕に抱きしめられ、セシリータはその甘いくちづけに身をゆだねていた。

二　海の上の愛人

汽笛の鳴り響く音が耳に飛びこんできた。ふいに自分のいる場所が揺れるような感覚をおぼえ、セシリータはうっすらと目を開けた。

「ん……」

頭がとても重い。いや、頭だけではない。身体がひどくけだるく、起きあがるのがおっくうだった。

(私は……どこにいるの?)

それでも半身を起こすと、セシリータは乱れた髪をかきあげながら、ゆっくりと昨日のことを反芻《はんすう》した。

イサークが生きていた……。

処刑されたと思っていたのに。闘牛場に彼が現れたとき、どれほど嬉しかったことか。

もう二度と彼と触れあえない、その原因は自分。誤解されたまま喪ってしまった——そう思い、絶望を感じていた、セシリータにとってたったひとりの大切なひと。

その彼が生きて、目の前に現れた。

（まさか……あれは夢だったのでは……）

セシリータははっとしてあたりを見まわした。

明かりがついていないのでよく見えない。カーテンは閉じられたままだ。

それでもそこから漏れてくる薄明かりのおかげで、かろうじて室内を見てとることができる。

その部屋の中央に置かれたキングサイズのベッドの上に、セシリータはずっと横たわって眠っていたらしい。

昨日の花嫁姿のまま、結いあげた髪だけがほどけた状態で。

指には……指輪がない。リオネルから受けとった婚約指輪も結婚指輪も。昨日、イサークが教会で抜きとったから。

（やっぱり夢ではなかったのね）

枕元に落ちている目隠しに手を伸ばし、セシリータは重い息をついた。

昨日の彼は、幻でも、幽霊でもなかった。

いきなり闘牛場に現れ、すばらしい闘牛をして、セシリータの結婚式に乗りこんできて、リオネルからセシリータを奪っていった。

そして車に乗せられ、くちづけをされたあと、そのままワインを飲まされた。

そこまでの記憶はある。

(そうだわ……それから、意識を失ってしまって)

ワインと一緒に薬でも飲まされ、彼の家かどこかに連れてこられたのだろう。

セシリータは重い息をついた。

イサークとの再会。彼が無事に生き延びていた事実。

愛していない男と結婚しようとしていたセシリータを『俺のものにする』と言って攫った。

もしそれが愛によるものだったら、きっと死ぬほどの喜びに心が満たされただろう。

けれど――――そうではなかった。

イサークの心に、もうセシリータへの愛はない。

彼は憎しみと復讐のため、セシリータのもとにもどってきたのだ。

そのことを改めて痛感すると、胸の底にどっしりと塩の塊《かたまり》を押しこめられたような、息ができなくなりそうなほどの哀しみがセシリータを襲う。

(イサーク……)

心が深い闇の底に落ちていくような痛みを感じたが、外から聞こえてきた鳥の鳴き声と汽笛の音にはっとした。

ここはどこなのか。

あのあと、結婚式はどうなったのか。

「イサーク……イサーク、どこにいるの」

ベッドから降りようとしたセシリータは、床に足を下ろした瞬間、身体が大きく揺れるのを感じ、その場にひざから倒れてしまった。

その反動で胸の奥に隠していたネックレスがこぼれ落ち、ベッドの下に転がりこんでいく。かつてイサークからもらったものだった。拾おうと手を伸ばすのだが、大きな揺れを感じて手が伸ばせない。

「あ……っ」

どうしたのだろう。床が揺らいでいる。

わずかではあるが、床が絶え間なく上下に揺れ、胃からなにかがせりあがってきそうな不快感をおぼえた。

「ここは……まさか……船？」

今、海の上にいるの？

ネックレスを拾ってハンカチで包んだあと、失わないようキャビネットのひきだしに入れると、セシリータはよろめきながら、窓にむかい、カーテンをひらいた。

「う……っ！」

カッと目に飛びこんできた強烈な太陽の陽射しに、一瞬、目が眩む。

いったんまぶたを閉じ、小さく息を吸ったあと、セシリータは手をかざしながら窓の外を見つめた。

雲ひとつない蒼穹が広がっている。そんな青々とした空を背に、白いカモメたちが大きく翼を広げて、ゆったりと飛び交っている。

遠くのほうに緑色の大地と白い灯台が見えた。少しずつ少しずつ大地が遠ざかり、エメラルドグリーンの大海原《おおうなばら》があたりに広がっていく。

海だ……やっぱり私は船にいるんだわ。

甲板《かんぱん》には、白いデッキチェアが置かれてはいるものの、人の姿はない。

それでもマストや避難用の救命ボートが窓から見え、窓の位置がとても高い場所だということがわかる。

おそらく外洋用の客船だろう。豪華客船の一室といったところだろうか。

部屋は侯爵家のセシリータの寝室ほど大きくはないけれど、ホテルの一室のような内装になっている。

「どうして……私がこんなところに？」

イサークは言っていた。

『タンゴの国……俺の国に』

タンゴの国というのは、一体どこのことなのか。この船でそこに連れていこうとしているのだろうか。

壁にかかった丸時計を見ると、時計の針は昼の二時半を指している。

ここはどこなの。スペインからどこに連れていくというの？

セシリータは不安を感じ、ドアをひらこうとした。しかし鍵がかかっていて外に出ることができない。

そのとき、窓のむこうの甲板に人の姿を見つけた。

褐色の肌のすらりとした長身。黒い髪、黒い眸。黒いスーツを身につけた男――イサークだった。

「イサーク、どういうこと、ここはどこなの、イサーク！」

セシリータはガチャガチャとドアノブをまわした。けれどびくともしない。

「イサーク、イサークっ、ここを開けて！」

もう一度、ドアを開けようとしたそのとき、カチャリ……と鍵を開ける音が聞こえた。

一歩下がると、イサークがドアを開け、そこにたたずんでいた。

「イサーク……これはどういうことなの」

問いかけたそのとき、甲板の端にいる数人の男たちに気づき、セシリータははっと目を見ひらいた。

数人の黒い服を着た男たち。その全員が銃を手にしている。昨日、教会に銃を持って現れたイサークの部下らしき男たちだった。

「警備を怠るな。怪しい人物がいた場合は、殺さず、必ず捕まえるんだ、いいな」

イサークは冷ややかな声で彼らにそう命令すると、なかに入り、ドアを閉めた。

そして氷のような冷たい眼差しでセシリータを舐《な》めるように凝視する。

「目を覚ましたのか」

「ここは船なのね。今の男の人たちは？」

「護衛だ。勝手に誰かが入りこんでこないよう、厳重な警備をしている」

「この船は……外洋用の客船よね、どこにむかっているの？」

「安心しろ、ここは最上階の特別客室だ。他のものは誰も入ってこない」

「そんなことを訊いているんじゃないわ。どうして私はこんなところにいるの？　この船はどこにむかおうとしているの」

特別客室というだけあり、セシリータのいる部屋には黒檀のキャビネットが置かれ、大理石の花瓶に大輪の薔薇の花、それから中央にはマホガニーで造られた天蓋のついたベッド。窓には重厚なゴブラン織りのカーテンがかけられていた。

セシリータの問いかけに、イサークはおかしそうにふっと鼻先で嗤った。

「なにがおかしいの」

「実におまえらしいと思って」

「私らしい？」

「そう。ふつうの女なら、いきなり結婚式場から攫われ、こんなふうに船に閉じこめられたなら、ただおろおろと泣きながら、助けを求めるだろう。だがおまえときたら、泣きもせず、冷静にこの状況を確かめ、自分がどういう場に追いやられているのか、客観的に理解しようとしている。それが実におまえらしい」

「……っ」

　セシリータはイサークを睨みつけた。

「そう、その勇ましい眸。こちらを切り裂くような強い光。とても攫われた女性とは思えない。まるで戦士のような目をしている」

「ひどい言われようね。本当は私だって泣きたいわ。助けてと叫びたいのよ。だけどただ闇雲に泣いたってどうにもならないでしょう？　今、自分がどこにいて、どういう状況なのか、まずそれがわからないとどうすることもできないじゃないの」

「そう、そこだよ。泣いてもどうにもならないと、ちゃんと頭で理解し、分析できているところが」

「そういうのが良くないって言いたいのね」

昔はそういうところが好きだと言ったのに。どんなときでも前をむき、絶対に感情的にならず、凛とした自分の生き方を持っているところが。

「そうだな、以前はおまえのそういう女王さまのような誇り高さを美しいと感じ、憧れていたが、不思議なことに愛情がなくなり、憎しみの目で見てしまうと、おまえのそういうところが痛々しく感じられてどうしようもない」

「痛々しいですって」

「そうだ、痛々しい。痛々しくて惨《みじ》めだ」

イサークは冷たく吐き捨てるように言った。

「娼婦と同じじゃないか。侯爵家のため、愛してもいない男と結婚しようとして。俺が現れなかったら、昨夜、おまえはあんな男に肌を許していたんだろう」

「あなたには関係のないことよ」

とっさに反論したものの、初恋の相手から「娼婦と同じ」と言われると、胸が引き裂かれそうになる。

家のため、みんなのため……そう自分に言い聞かせ、気持ちを奮い立たせたけれど、昨夜、あの男と褥《しとね》をともにし、そのおぞましさに自分は耐えられただろうか。

「なにもかもが痛々しい。使用人から逃亡をすすめられたのに、大丈夫だと笑顔で断ってしまうところも、あんな放蕩者の兄の行く末を心配して、使用人に頼みごとをしているところも」

「どうしてあなたがそのことを」

「それだけじゃない、自分の婚約者を殺した男が復讐のために現れたというのに、脅えも震えもせず、その理由を確かめようとしているところも、なにもかもが俺には惨めに見える」

彼から出てくる言葉が刃となってセシリータの胸に突き刺さっていく。

身体から力が抜けていく気がして、セシリータはそれに耐えようと手を強くにぎりしめ、唇を噛みしめた。

イサークの目には、自分の姿はそんなふうに映っているのだ。

一生懸命だったのに。まわりを護りたくて、本当は死にたくなるほど辛かったけど、それでも侯爵家の娘としての誇りを失いたくなくて、家のためにリオネルと結婚する決意をしたのに。

あの男に抱かれることを想像しただけで、気がどうにかなってしまいそうだった。それでも耐えようとしていたのに。

「なによ、私から言わせると、惨めなのはあなたのほうよ」

セシリータはイサークから視線を逸らし、必死に抵抗するように言った。

「俺だと」

「そうよ。復讐ですって？　バカバカしい。そんなことをする時間があるなら、もっと生産的なことをしなさい。とにかく私は家にもどるわ。船から降ろしてちょうだい」

侯爵家はどうなったのか。リオネルが怒って、フリオに金を返せと言ってきたら、たちまち侯爵家は窮地に立たされてしまう。

闘牛牧場を手放し、多くの土地を奪われることになるだろう。

「なら、その前に教えろ。どうしてあんな男と婚約した」

「リオネルはスペインの英雄と言われている男よ。お父さまが残した闘牛場や闘牛牧場のためにも、彼との結婚は悪い話ではなかったから」

「訊きたいのは、あの男との婚約ではない。三年前のことだ。どうしていきなり俺を裏切って、別の男と婚約した」

三年前……。

セシリータははっとした。

父が亡くなったあと、フリオがイサークを戦争に行かせると言っていたので、どうしても彼を守りたくて別の男との婚約を承諾したのだ。

相手は、バレラ大尉という力のある軍人で、フリオの親友だった。

「話して……なにかが変わるというの？」

イサークが目を眇め、セシリータに憎しみの目をむける。そのときのことを思い返して、憎悪を再燃させているのだろうか。

あのときも、彼はこんな目でセシリータを睨みつけていた。

『セシリータ、どうして、どうして他の男と結婚するんだ。俺が闘牛士になって結婚するという約束は？』

イサークが問い詰めてきたとき、そばにフリオがいた。

だからわざとその場でイサークを突き放すようなことを口にしたのだ。フリオを安心させるために。

『私があなたと結婚するわけないじゃない。こんなにも身分が違うのに。闘牛士は、スペインの英雄だから、誰だって、一度はお嫁さんになりたいと思うわ。ただそれだけ。大人になれば、夢も覚めるわ』

はっきりとそう言ってしまったのだ。

そうしなければ、フリオがイサークを戦争に行かせてしまうのがわかっていたから。

セシリータはどうしてもイサークを戦争に行かせたくなかったのだ。

たとえ別の男と結婚することになっても、イサークを守りたかった。

だからそう口にしたとき――裏切った振りをしようと決意したとき、もう彼の愛を失うのはわかっていた。

けれどあのときはそうするしかなかった。

当時、戦争で国土が荒れ、食べるものにも事欠いていた。

使用人たちを餓《う》えさせないため、イサークはセシリータの頼みを受け、地方の村をまわって、使用人たちの疎開先をさがしていたのだが、フリオはそれを利用し、イサークがスパイ活動をしているとして罪人に仕立てあげようと考えていた。

スパイでないのなら、イサークは戦争に行くはずだと言って、バレラ大尉に彼を戦争に行かせる相談を持ちかけていることに気づき、セシリータは彼らに頼んだのだ。

イサークは使用人たちにとって大切な存在なので、侯爵家のためにも戦争に行かせないで欲しい。彼はスパイをしているのではなく、セシリータの頼みを聞いて、使用人たちの疎開先をさがしているだけだと。

だがフリオは、そのことでセシリータに対し、怒りをぶつけた。

侯爵家の令嬢でありながら、使用人のイサークと恋をして、ふたりで逃避行先をさがしているのではないか。イサークは、セシリータに非礼なことをした男として、やはりこの家に置いておくわけにはいかないと。

なので、セシリータはイサークを愛していない、それよりも自分にふさわしい相手と結婚すると約束するしかなかったのだ。

だからバレラ大尉と婚約した。

二十歳までは結婚しないという三年間の婚約期間を条件に。その間にせめて戦争が終わればどうにかなるかもしれないという一縷《いちる》の望みをかけていた。

ただまさかイサークがそのときのフリオとセシリータの会話の一部分を立ち聞きしてしまうとは想像もしなかった。

だが聞かれた以上は、それも含めてどうすればいいのか、なにが一番大事なことなのかを考え、セシリータは精一杯冷静に振る舞ったのだ。

とにかくイサークの命が大事。戦争に行かせたくない。

戦争に行けば、このままだとバレラ大尉の命令で最前線にやられてしまうことだってある。スパイだと疑われたら、最悪の場合、その場で処刑されてしまう。

それだけは避けたい。

だからなによりもイサークの命を守ることを優先したのだ。

愛されることよりも、愛する人の生を願って。

けれど皮肉にも、セシリータの裏切りに絶望したイサークは、自ら志願して戦争に行ってしまった。

そして案の定、バレラ大尉からスパイ容疑をかけられて詰問され、抵抗しているうちにバレラ大尉を誤って殺してしまって、イサークは処刑された――という報告を受けた。

『愛するひとの死を弔《とむら》いたいから』

フリオにはそう言って修道院に入った。

弔いたい相手がバレラ大尉ではなく、イサークであることは誰にも言わず、セシリータだけの胸に秘めて。

それから三年が過ぎた。

長く続いていた戦争は終わり、平和な時代になったことは嬉しい。彼が生きていたことも嬉しい。けれど。

「あのとき、言ったことは本心ではなかった、本当はあなたを好きだった、でもどうしてもあんなふうに言わなければならなかった……そう言ったら、あなたは信じてくれる？」

セシリータが問いかけると、イサークはあざ笑うように返した。

「最低だな。ずいぶんみっともないことを口にして。今さらそんな言いわけをして俺が信じるとでも思ったのか。どうせここから逃がして欲しいからだろう。そんなウソを口にされても、むしろおまえへの憎しみが増すだけだ」

低くひずんだその声に、セシリータは身体の奥が凍りつく。

信じてくれるわけがないのはわかっていたが、イサークは何て冷たい眸をしているのだろう。そこにはかつて自分を捉えていた優しい眸はない。

「あなたは……もう私を愛していないのね」

セシリータはうつむいた。言葉にしてみると、改めてこの三年間の歳月の重みが肩にのしかかるような気がする。

イサークは重いため息をつき、セシリータの肩に手をかけた。

「何度も言っているだろう。おまえへの愛は、三年前に失った。おまえがそうさせた。他の男と婚約し、身分違いだと俺を蔑《さげす》み、俺を突き放して……そしてスパイ容疑で俺を追い詰めようとした」

「違うわ……イサーク……私は……」

セシリータは泣き出したいような気持ちでイサークを見つめた。

その足もとにすがりつきたくなった。

違う、違うのよ、あなたに憎しみを抱かせるような真似をするつもりはなかった。あなたを守りたくてあのときは嘘をついたのよ……と言いたかった。

けれどそれを口にしても、彼には信じてもらえない。今さら真実を告げても、聞き苦しい言いわけに聞こえてしまうのだろう。

双眸を震わせ、訴えるように見つめることしかできないセシリータの眸になにか思うところがあったのか、イサークはセシリータの右手首をとった。

「だから俺はのしあがる決意をした。いつかおまえを俺のものにするために」

「……っ」

「おまえを金で買うのは、リオネルではない。俺だ」

「……待って……イサーク……」

「気づかなかったのか？　フリオをギャンブルで散財させ、侯爵家の資産を奪いとった人間が誰なのか」

低く吐き捨てられたイサークの言葉に、セシリータは大きく目を見ひらいた。

「まさか」

「そう、俺だ」

勝ち誇ったように微笑するイサークに、視界が真っ暗になる。

では、イサークの罠だったのか。

「ひどいわ、そのせいで領民がどれだけひもじい思いをしたと思っているの？　私が憎いなら私にぶつけたらいいじゃないの。それに、そのために……私は………」

言いかけてやめた。

好きでもない男と婚約して――と口にすれば、自分が惨めになる気がしたのだ。

「そのために、好きでもない男と婚約した……と言うのか」

イサークの問いかけに、セシリータは押し黙った。

肯定すれば、どうなるのか。

そうよ、そのとおりよ、好きなのはあなただけ。

自分だけの人生なら、そう口にするのはたやすい。けれどリオネルから借りたお金はどうなるのか。使用人たちがまた餓えてしまうようなことがあったら。

「違うわ、好きでもない男じゃないわ。私は自分の意思で彼と婚約したのよ」

「あんな卑怯な八百長闘牛士と……自分の意思でだと？」

「そうよ。それでもあなたよりはマシよ。兄をギャンブルに溺《おぼ》れさせ、私の家の財産を奪うような最低の男よりは」

セシリータがきっぱり言い切ると、イサークは眉間に深いしわを刻んだ。そして忌々しそうにセシリータを睨みつける。

「おもしろい、なら最低の男の愛人になれ」

「イサーク……」

「言っただろう。花嫁なんて甘ったるいものじゃない。マフィアの情婦になるんだよ、おまえは」

「マフィア…ですって！」

セシリータは息を呑んだ。そんなセシリータを見据えたあと、イサークは禍々しいほど妖しい笑みを浮かべた。

「そう、アルゼンチン一のマフィア——俺は、ファミリーのボスとして首都ブエノスアイレスの闇の帝王として裏社会を支配している」

アルゼンチン……南米——スペイン人とイタリア人の移民が多く住む国である。

そこの裏社会で、闇の帝王として？

目眩《めまい》がしてきた。

「マフィアだなんて……光のなかで生きていく約束だったじゃない。闘牛士になって成功して、私と光のなかで生きていく、だから学歴もつけて、父からも支援されて。それなのにどうして闇の世界なんかに！」

セシリータはイサークの胸を叩いた。そんなセシリータの手首をつかみ、抱きこむようにイサークが身体を引き寄せる。

「おまえが堕としたのではないか」

「そんな……」

「一緒に堕ちるため、おまえをむかえにきたんだ」

蔑むような眸に、セシリータは眉をよせ、さぐるように見あげた。

「一緒にって」

「そう、それが俺の復讐だ」

ぐいとセシリータの肩をつかむイサークの手に力が加わる。

きりきりと肉にくいこみ、骨まで砕いてしまいそうなイサークの指の強さに、憎しみと執着の激しさがこめられている気がした。

「イサーク……」

地獄の果てのように冷たく冥《くら》い彼の情念。それがぴりぴりと空気から振動となって伝わってきて、セシリータの全身を震わせる。

この三年の間に、彼がこんなふうになっていたなんて。

そう、もう言いわけはできない。駄目だ。

彼を守るためについたはずのウソが彼を傷つけてしまった。

そして結果的に闇の世界で生きていく人生を選択させることになってしまったのだ。彼を闇の世界に堕としてしまった。

「あなたには……憎しみしかないのね」

「当然だ」

これ以上ないほどの冷笑を見せるイサークの強い憎しみがセシリータの胸に突き刺さり、そこから血があふれてくるような気がした。

「そんなに私が憎いの」

彼の憎悪が怖い。彼のなかにある負の情念が哀しい。

けれどそれと同時に、どういうわけか、それなら彼の闇に自分も囚われてしまうべきではないか——という狂おしい想いがセシリータの内側に存在した。

この人を喪ってしまって、それから生きる屍のようになり、何の生きる希望も夢もない人生を送ってきた。

侯爵家が困窮することさえなければ、修道院に残って、神に祈るだけの生活を送るつもりでいた。イサークが生きているとも知らないまま。

この人が死んだと思ったときから、セシリータの時間は止まったままだった。きっとリオネルと結婚したとしても、屍であることに違いはなかった。

(でも……今は違う……今……私は生きているわ)

そう思った。たとえ地獄へ堕とすと言われていても、そう、たとえこのまま地獄に堕とされたとしても、今、自分は生きている——そうはっきりと実感していた。

「なら、好きにすればいいわ」

セシリータは挑発的に返した。

生きていて欲しい。それが自分の選んだ愛の形だった。互いの幸せを願う愛ではなく、このひとの生を守るため。けれどそれが憎しみを生み、復讐を招いたのだとすれば、それは自分が受け止めるべき、負の情念だ。

「復讐したいなら、とことんしてみなさいよ。あなたの本気を見せて。私が納得するだけの復讐をしたときは、一緒に地獄に堕ちてあげる。ただしひとつ条件があるわ」

精一杯の虚勢だった。

懸命に強がって、本心を隠してはいるが、本当は、彼がこの三年間、かかえてきたものを一緒に背負いたいという気持ちからだった。

自分なりの彼への贖罪、そしてそういう形でしか表せなくなってしまったセシリータの愛だった。

「条件というのは？」

「私に復讐したいなら私にだけ復讐して。侯爵家は関係ないはずよ。これからはなにも奪わないで」

セシリータは毅然と言い放った。

「わかった。おまえが俺の情婦になることへの交換条件として、侯爵家の財産には今後一切関わりを持たない」

「もし少しでも、この先、あなたが侯爵家になにか手を出すようなことがあったら、あなたを殺して、私も死ぬわ。いいわね」

きっぱりと言うセシリータの言葉に、イサークは満足げに微笑した。

「さすがだな、おまえはそうでなければ。そう、それでこそ、かつて俺が誰よりも愛し、今、誰よりも憎んでいる女だ」

イサークの手がセシリータのあごを掬《すく》いあげる。

「……っ！」

その突き刺すような眼差しが怖かった。けれどここでひるんでしまうと、自分の弱みを見せてしまうような気がしていやだった。

「ありがとう、お褒めにあずかって光栄だわ」

息を震わせながらも、しかしセシリータは挑発的に微笑した。

彼の眸のなかには、幼いときからずっと自分を慈しんでいたときのような色はない。世界中で誰よりもセシリータが好きだと言ってくれたときの面影もない。

それを捨てさせたのは自分なのだ。

「来いっ」

抱きしめられ、ドレスの胸元にイサークの手が伸びてくる。布越しとはいえ、荒々しく手のひらで胸をわしづかまれ、セシリータはたまらず息を呑んだ。

「……あ……っ」

怖い、これからなにをされるのか。恐怖と混乱に鼓動が激しく乱打する。そんなセシリータにイサークが唇を重ねてきた。

「ん……っ」

押し当てられる熱っぽい唇の感触。互いの皮膚をつぶしあうように唇を重ねていく。

「んっ……んっ」

あごをひきあげられ、さらに強く唇を押し当てられる。

「ん……っふふ……っ！」

イサークの舌が口内に入りこみ、さっき軽く刺激された粘膜を今度は激しくも荒々しく嬲《なぶ》っていく。

「んっ……んん」

先端から巻きついてきたあたたかな舌の感触が生々しい。

熟れてどろどろになった果肉を転がすように舌を搦めとられ、次第に息が苦しくなってくる。

唇の端からつーっと細長い唾液があふれ落ちて首筋を濡らし、気が遠くなるほど濃厚なくちづけをかわしているうちに、セシリータはゆっくりとベッドに押し倒されていた。

有無を言わさずのしかかってくるイサークの体躯の重み。ずっしりと男の体重を感じたとたん、愛しさがこみあげてきた。

嫌われ、憎まれているのに、どういうわけか心の奥底で嬉しいと思っている自分に気づく。

「ん……っ……ふ……」

今から、私はイサークのものになる。

三年前、真実を伝えないまま、離ればなれになってしまった。

いつだってこの人以外、愛したことがない。

その相手と、今、愛の代わりに、憎しみを媒介して身体をつなぎあわせる。

そう思うと、復讐を誓われた哀しみよりも、自分の唯一の恋が叶う歪《いびつ》な喜びに身体の奥のほうが震えた。

どのみち、永遠には一緒にいられない相手だ。

自分個人だけの責任なら、イサークの復讐を受け入れられたかもしれない。イサークが愛していなくても、自分が愛しているのなら。

けれどそれでは侯爵家はめちゃくちゃになってしまう。一刻も早く帰って、リオネルとの結婚式をやり直さなければ。

リオネルが怒りのあまり、借金を全額返せと言い出したら、侯爵家はおしまいだ。

そう思う反面、どうせ散らされるなら、初恋の相手に捧げてしまったほうがいいのではないかという歪な感情がセシリータの胸のなかで渦巻いている。

私はどうしたいのだろう。どうすればいいのだろう。

「……おまえの唇は……グラナダに咲く薔薇の花びらのようだな」

ドレスを肩からはだけられ、彼の指がひとつずつボタンをはずす。はだけられた胸元に外気が触れ、イサークの手がシュミーズの下にすべりこんできた。

「あ……っ」

たわわに実った果実を包みこむように、大きな手のひらがセシリータの胸をじかに揉みあげる。これまで異性に一度も触れられたことのない場所だった。

「ん……っ」

セシリータは息を呑んだ。

怖い。受け入れようと思ったけれど、どうしても怖くなる。

けれど荒々しく手のひらで揉まれ、指先で乳首を撫でられたとたん、ふいに腰のあたりが痺れるように震えた。

「あ……っ」

彼に触れられるだけで、全身がどういうわけか甘美な疼きに支配されそうだった。

「豊かな胸をしているな。それにとてもやわらかい。外からではわからなかった」

強く揉まれ、息が震える。

「……っ」

皮膚を覆っていたものがとりはらわれ、ふっくらとした胸が剝きだしになる。

じっと感心したように見つめられ、セシリータの肌が粟立つ。

イサークが首筋に顔を埋めてきた。激しく首の皮膚を食まれ、その手が乳房を揉みしだき、別の手がドレスの裾をたくしあげようとする。

「ん……っ」

痛い、首の皮膚を痛いほど吸われている。

腿の内側にイサークの手がすべりこみ、思わずセシリータはぴくりと全身をこわばらせた。

怖い。このまま奪われるのはやはり怖い。

「い……いや……怖い……」

セシリータはイサークの肩を押し返そうとした。

けれどほっそりとしたセシリータよりもはるかにたくましく、ひとまわり以上も大きなイサークの身体はびくともしない。

それどころか、乳房を愛撫している手のひらの動きが加速する。イサークの手がぷるぷるとした胸の膨《ふく》らみを揉みくちゃに嬲《なぶ》っていく。何ということをされているのだろうと思うのに、どういうわけか胸を揉まれ、乳首に刺激を与えられると、身体の奥のほうに異様な熱が生まれ始め、セシリータを混乱させた。

鎖骨を甘噛みしていたイサークの唇は胸へと移動し、乳首を口に含み、舌先で嬲っていく。

「……あ……っ」

皮膚に奔っていく奇妙な痛みと熱に息があがる。

「いやっ……ああっ」

貪るように舌で巧みに乳首をつつかれていくうちに、獰猛《どうもう》なオスの獣――昨日、この男が倒したような、荒々しくも凶猛な獣に自分が蹂躙《じゅうりん》されているような錯覚を抱く。

「あ…あ……いや…っ」

乳首の先端を舌先でつつかれ、舐められるうちに下肢《かし》のあたりにこれまで感じたことがない妖しい熱が溜まっていく。

どういうわけか、身体の奥がとろとろとしたものに濡れてくるのがわかった。なにかそのあたりから濡れたものが噴きあふれている。ドレスの下の皮膚にじわじわと汗がにじんでくる。

「もう濡らしたりして。感じているのか、セシリータ」

「感じて……なんて……私は……」

いきなりなにを言うのだろう、この男は。感じるなんてあり得ない。

「いや、感じている、すごいな、この蜜……」

指先が下肢の割れ目をさぐったかと思うと、ぐっしょりと濡れた人差し指の先を目の前につきつけられる。

「それは……」

ほおがカッと赤くなり、たまらずセシリータは顔を背けた。

「……お願い……やめて……そんなところ……触れないで……っ」

「男に抱かれるために、こうなるんだ。思っていた以上に敏感な身体だな。もうリオネルに抱かれたのか」

「っな……よくもそんな……あ……」

そんな失礼ことを。そのほおを平手ではたいてやりたかったのに、彼の指先が濡れたあたりに触れたとたん、急に身体が熱く疼きだし、セシリータはいてもたってもいられないようなむず痒《がゆ》さを感じ始めた。

何なの、これは。

身体が熱い。下肢のあたりが強い刺激を欲しがっている。

そのことが信じられない。

そんな己の身体の変化もさることながら、イサークの予想外の荒々しさにセシリータは驚かずにはいられなかった。

優しい幼なじみだったのに。いつもおだかやで、セシリータに慈しむような愛をむけていたのに。

その彼が心に憎しみを孕ませ、乱暴に自分の乳首を舐めまわしている。その上、指先を窪みに差し入れ、そこからあふれる雫《しずく》を指に絡めて濡れた音を立て、さらにそこに刺激を与えようとしているなんて。

「だめよ、触らないで……そんなところ」

逃れようと必死に腰をずらそうとするのだが、かえってイサークの指を引きずりこんでしまう。

けれど強い力で腰を押さえこまれ、身じろぎすることすらできない。

熱のこもった汗の匂い。荒い息づかい。

「あぁっ……だめ……そこは……やめ……っ」

「では、こちらが好きなのか？　どうしようもないほど濡れている」

少し指で嬲られただけなのに、いやらしい水音がする。

ぬるぬると滑《すべ》るような感触に、イサークの指先が己の身体からあふれ出た蜜に濡れていることがわかって恥ずかしい。

「あ……やっ……ん……やっ！」

喉から漏れるなやましい吐息。

全身が腰のあたりから溶け落ちそうな疼きに心もとなさを感じる。

身体の奥から漏れ続ける露を指に絡め、ぐちゅぐちゅという粘着質の音を立ててイサークが指を喰いこませてくる。

「……っ！」

最初は痛みしか感じなかったが、少しずつほぐされていくうちに熱い痺れが脳まで駆けのぼり、セシリータは背をのけぞらせながら彼の腕をつかむと、うずうずと広がっていく疼きに耐えた。

こらえきれない快感だった。死にそうなほどの愉悦《ゆえつ》だ。あふれるように迸《ほとばし》る、ものなやましい吐息と喘《あえ》ぎが止められない。

「あぁ……あっ、あぁっ、あぁっ」

喉からあふれる声が止まらない。あまりの自分のはしたなさに羞恥を感じたそのとき、イサークの吐息が腿《もも》に触れた。

はっとして見れば、さらけだされた下肢の間に彼が顔を埋めている。

「やめて……何というところを」

「濡れてはいるが、ぴったり閉ざされているな」

「……お願い……見ないで……そんなところ……っ」

「俺に見せるのは、初めてじゃないだろう？」

「え……っ」

「幼いとき、俺が風呂に入れてやったじゃないか。何の恥じらいもなく、小水を垂れていたのは誰だ」

「っ……やめて……六歳のときだわ」

「すっかり大人な身体になって」

秘部をまじまじと見つめられ、その視線で犯されているような気がしてセシリータは恥ずかしさにうろたえた。

気丈だ、しっかりした女性だとよく言われるが、さすがにこれは冷静ではいられない。

「見ないで……やめて」

とっさに脚を閉じようとする。けれどイサークはひざをつかみ、さらにそこを大きくひらいて顔を埋めてくる。

「いやっ、やあっ」

これ以上ないほどの恥辱。イサークはどこまで自分を辱《はずかし》めようとするのか。

「復讐は……これからだ」

冷たい声に背筋が震える。セシリータの脚の間にイサークが顔を埋め、こともあろうに閉ざされたそこを舌先でひらこうとしているのだ。脚を閉じないよう、肘で固定されているのでどうすることもできない。

敏感な外陰部の皮膚に、熱っぽい吐息がかかって背筋が震える。セシリータはイサークの肩をつかみ、懸命にそこから剝がそうとした。

「お願い……あ……だめ……本当にお願いだから……やあっ」

弾力のある舌先で芽の部分をつつかれると、これまで感じたことがないような熱い疼きに襲われる。じゅるじゅると樹液のような蜜が秘部から漏れ、会陰部を伝って後ろの秘部へと落ちていくのがわかる。

「やあっ、ああっ、やあっ」

その蜜を舌で舐めとり、イサークがぬるりと生あたたかい舌先で秘裂を割ろうと蠢いている。その異様な体感に、セシリータの肌は上気していった。

耐えなければ……と思うのだが、下肢へと送りこまれる甘美な刺激に声が抑えられそうにない。

「いやっ、ああっ、ああっ、ああ」

悶《もだ》えながら、何とかその甘い苦痛に耐えようとセシリータは自分の首のあたりを掻いていた。

「はしたない声を出して。窓のむこうは甲板だぞ」

その言葉にカッと羞恥を感じた。けれどうらはらに、セシリータの蜜口からはどくどくとさっきよりも蕩ついた雫が流れ落ちてくる。

「……っ……やめて……もう」

みっしりと合わさっているはずの膣口に、イサークの舌を出し入れされるたび、そのあたりの粘膜が燃えあがるように熱くなっていくのがわかる。

花びらの芽を歯で甘噛みされ、舌先に吸いあげられ、敏感な場所に次々と与えられる異様な刺激がたまらない。

快感なのか何なのか、なにもかもが生まれて初めての感覚のせいか、自分でもよくわからなかった。

「いや……どうしよう……ああっ」

「膨らんできた。感じている証拠だ」

「膨らんでって……なにが」

「ここだ」

脚の間の芽を歯で甘く嚙まれ、セシリータは大きくのけぞった。そこからかっと脳にむかって電流が走ったような刺激を感じたからだ。

「ひっ！　ああっ、ああっ！」

ひくひくと落雷に撃たれたように身体が痙攣《けいれん》する。わけがわからない。頭が真っ白になりそうだ。

喘いでいると、やがて腰を持ちあげられ、セシリータははっとした。

「……だめ……これ以上は……そこ……っ……やめて――っ！」

首を左右に振り、イサークの肩を手のひらで激しく叩く。

肩を押さえつけようとしたイサークの手を払いかけたが、手首をつかまれ、大きく左右にひらかれる。

「……っ」

唇を震わせたセシリータにイサークが嘲笑を見せる。

「おまえは俺の愛人だ、約束どおり欲望を受け止めろ」

セシリータは悲痛な表情でイサークを見あげた。彼の眸からは、嫌悪と蔑みと怒りの色だけがそそがれる。

利那、大きく脚をひらかれ、彼の肩に踵をかけられた。

「おまえは俺のものだ」

次の瞬間、濡れていた蜜口に硬い猛《たけ》りがあてがわれ、そそり勃《た》った性器が自分の中心に埋めこまれていくのがわかった。

ぐちゅっと濡れた音がした次の瞬間、めりめりと体内に亀裂が走ったような痛みにセシリータは声を失った。

「……ん……ふ……んんっ」

苦しい。何て大きなものが挿《はい》ってくるの。したたかに蜜で濡れそぼっていたとはいえ、セシリータの襞は処女らしく固く閉ざされていて、体内に侵入してくる凶器をなかなか受け入れることができない。

「あうっ……っ」

それを強引に圧し割りながら、イサークが腰を進めてくる。猛々しい肉塊に体内を埋め尽くされ、セシリータはたまらずシーツをにぎりしめた。

「あ……あぁ……痛い……い……っ」

激しい痛みだった。イサークの欲望がセシリータの狭窄《きょうさく》な処女を突き破って体内で暴れ狂おうとしている。

「ああ、あぁっ、あ、あぁっ――っ」

頭が砕けそうになるほどの鋭い痛み。腰が割れそうだ。

必死にイサークの腕をつかんで挿入の苦痛をゆるめようとした。無意識の必死の抵抗だった。

けれど容赦なくイサークの肉棒に身体の奥を押し割られ、気がつけば深々と彼自身がセシリータの体内に沈みこんでいた。

イサークがじわじわとセシリータの体内を内側から押し広げ、さらに膨張して圧迫してくるのがわかる。

「あっ、あぁ、はあ……っ」

貫かれ、硬く膨らんだ牡に突きあげられる苦痛にいつしか内腿が痙攣し、セシリータの全身がぐっしょりと汗ばんでくる。

「すごいな……喰いちぎられそうだ……」

奥の奥まで強く抉りこまれ、粘膜から広がっていく甘い苦痛が脳まで灼《や》いていく。

「あ……っ……ああ、あっ……やあっ……」

セシリータは声をあげた。

腰骨をつかんだ手にさらにひきつけられ、腰を打ちつけられる。

「あ……は……ああ……んぅ……だめ……無理で……あぁっ、あ、イサーク………」

獰猛な抜き差しが加速していく。

激烈な痛みがセシリータの意識を蕩かしていった。

「セシリータ……」

汗ばんだ前髪をイサークの手が払い、額にくちづけが降り落ちてくる。

かつてのような優しいキスに吸いこまれるようにセシリータはまぶたを閉じていた。

彼とつながった部分が燃えたように熱く、火傷《やけど》したように痺れて苦しい。

「ん……あっ……あ、あぁ…ああ」

痛みをやわらげたくて、我を忘れたようにセシリータはイサークにしがみついていた。

荒々しくかき混ぜるように抉られ、揺さぶられ、脳髄《のうずい》が痺れそうだった。

「いい……あぁ……んっ……あ」

あなたが好き、三年前も本当は好きだった……と告げることのない言葉を呑みこみ、喉からは啜り泣くような喘ぎを出し続ける。

「あぁ…す……もう、あぁぁ……っ」

喉から絶叫のような声が漏れたとき、ひときわ奥を突き貫かれる。イサークの白濁がセシリータのなかに叩きつけられるのがわかった。

ああ、彼が私に溶けていく。

息を止め、セシリータは意識を手放していた。

三　初恋の記憶

「ん……っ」

ウェディングドレスを乱したまま意識を失い、しどけなくベッドに倒れこんでいるセシリータを、イサークは冷ややかな眼差しで見下ろしていた。

暖かみのあるランプに照らされ、透き通るように白い肌が薔薇色に染まっている。

長い睫毛にうっすらと涙をにじませる彼女の姿は、夜のグラナダを彩っていた白い花のように美しい。花の名前は知らないが、闇夜の奥から妖しく香り立ち、引き寄せられるように近づいていくと、突然、月の光を浴びた純白の花が咲いていたものだ。

セシリータの花のような寝姿を見ているだけで、イサークの身体は再び欲望の火が焔立《ほむらだ》ちそうになってくる。昨夜も、セシリータの意識が戻ったあとで、執拗に彼女の身体を貪った。これ以上はさすがにやりすぎだろう。内側の疼きをこらえながら、イサークはセシリータの絹糸のような髪に指を絡めた。

なつかしいセシリータ。

闘牛士になり、金色の刺繍で彩られた衣装を身につけ、スペインの英雄と称えられ、彼女を花嫁にする日を幼いときからどれほど夢見てきたことか。

彼女を抱く初夜は教会で愛を誓ったあとのはずだった。

彼女のために購入した白いパティオのある邸宅で、薔薇やブーゲンビレアの花に埋もれるような寝室で、優しく慈しむように彼女を腕に抱きたいと、そんな夢を抱いていた。

（それなのに……こんな形で、彼女を抱くことになるとは）

イサークは、白いシーツに点在している鮮血をいちべつした。

マフィアとして、裏社会に身を堕とした男に無理やり陵辱《りょうじょく》され、処女を散らしてしまうことになるなど、これまでの彼女の人生からすれば考えもつかないことだろう。

アンダルシア一の侯爵家の令嬢で、父親から宝物のように愛されて育った女性だ。

イサークも、昔は触れるのさえはばかられるほど愛しいと思っていた。

イサークがいなくなったあとも、リオネルと結婚するまでは修道院で過ごしていたという深窓の令嬢だ。

「悪いのは……おまえだからな」

よりによって、あんな男と結婚するなんて信じられない。

金のため、兄のフリオが誰かとの結婚話を持ちかけてくるのは想像ができたし、こっそりと訪ねて行ったとき、使用人たちも窮状《きゅうじょう》を訴えていた。

だからこそ、仕方なくあの男と結婚するのかと思っていたのに……。

『私は自分の意思で彼と婚約したのよ』

つまり闘牛士なら、誰でもいいのか？

いや、違う。スペインで、そのとき権力を持ち、金があり、力のある男ならばそれで満足なのか。

（一体、なにがおまえをこんなふうにしてしまったのか）

イサークはちらりと時計をいちべつした。

あと一時間ほどで朝食の時間だ。

その前に、彼女の身体を清めておいたほうがいいだろう。

イサークはベッドにセシリータを残したまま、応接室になっている隣の部屋に行き、使用人たちに浴室のバスタブに湯を溜めるように命じた。

「薔薇の花を浮かべておきますので」

使用人たちは素早く浴室の用意を済ませ、イサークの船室から出ていく。

窓の外には、あざやかな蒼穹が広がっている。

もう大西洋をかなり進んでいることだろう。

浴室の準備が整ったので、彼女を入浴させようと寝室にもどると、すでにセシリータは起きあがり、ウェディングドレスを脱ぎ捨てて、バスローブ姿になっていた。

「浴室、使っていい？」

タオルを手に、セシリータがふらふらとした足取りで浴室にむかっていく。

「俺が運んでやる」

伸ばしかけたイサークの手を、セシリータがぴしゃりとはたく。

「けっこうよ。自分の身体くらい自分で洗えるわ」

焔のような目でイサークを睨みつけると、セシリータは浴室に入り、なかから鍵をかけてしまった。

そのまま戸を破るのは簡単だが、ちょうど使用人たちが朝食の準備のために現れたので、それ以上のことはできなかった。


三十分が過ぎ、髪を濡らしたままバスローブ姿で出てきたセシリータを、イサークは朝食の席に座らせた。

「食べたくないわ、お腹が空いていないから」

テーブルの上に並べられた卵とトマトのサンドイッチとオレンジジュースをいちべつす

ると、セシリータは顔を背けた。

「食べろ、体力がなくなるぞ。これからアルゼンチンまで、一カ月以上の長旅になるんだから」

「アルゼンチンですって！　困るわ、私をスペインに帰して」

「今さら、リオネルの花嫁になれると思うのか？　マフィアに穢された女として、一生、白い目で見られるぞ」

「そうしたのは誰なのよ」

セシリータは顔をあげ、強い眼差しでむかいに座るイサークを見た。

その玲瓏とした顔は、三年前までと何ら変わらない。

処女を散らしたところで、彼女が持つ高貴で優美な雰囲気が変わるわけではないらしい。

「次の寄港地で、私を下ろして。リオネルが赦してくれるかどうかわからないけれど、心から謝罪するわ。穢れた女として捨てられるならそれはそれで仕方ないことよ」

「ずいぶんと潔いことだな」

皮肉めいたイサークの言葉に、セシリータは冷笑を浮かべた。

「私の意志や不注意で穢れたわけじゃないわ。だから恥じる必要なんてないじゃない。堂々と振る舞うわ。だからスペインに返して」

「いやだ」

きっぱりと言い切ったイサークに、セシリータは小首をかしげて尋ねてきた。

「どうして。私を地獄に堕として、あなたもこれで満足でしょう」

「なぜそこまで故郷にこだわる。赦して欲しいと謝罪するだと？　そんなにリオネルを愛しているのか」

イサークの問いかけに、セシリータは小さくため息をついた。

「あなたには関係がないことよ」

「前の婚約者……俺の上官だったバレラ大尉よりも？」

「それもあなたには関係ないわ」

うつろな表情でセシリータは視線を落とした。

「大尉の死を弔うために、修道院に入ったのだろう？　彼に純潔を捧げ、修道女になる準備をしていたのに、リオネルから声をかけられたとたん、嬉々として外の世界で結婚とは。おまえの婚約者への想いはずいぶん単純で簡単なんだな」

するとセシリータは大きく目をみはり、無防備なまでに唇を震わせてイサークを凝視した。信じられないものでもみるような、なにかに絶望したような表情で。

「……………どうして……そんなことを」

声が激しく震え、顔から血の気が失われている。かなり動揺しているらしい。

「ギャンブルで負けたときに、フリオがそう口走っていたらしいぞ。美貌の妹がいるが、殺された婚約者に愛と純潔を捧げ、修道院に入ってしまったと」

　セシリータが顔を引きつらせた。ほおや唇は血の気を失い、大きく見ひらかれた双眸は今にも泣きそうだった。

　こんな弱々しい表情をする女性だっただろうか。それともそれほど喪ったバレラ大尉を愛していたのか。

「俺を……恨んでいるのか」

「イサーク……」

「その気はなかったが、バレラ大尉を死なせてしまったのは確かに俺だ」

　その言葉に、ふいに我にかえったようにイサークから視線をずらし、セシリータはおかしそうにクスクスと笑った。

「そうね、そうよ、あなたが死なせてしまったのだったわね。考えれば、私のほうこそあなたに復讐すべきなのかもしれないわ」

「復讐する気はないのか」

「復讐ですって？　私があなたに？」

　まだ生乾きの髪をかきあげながら、セシリータは挑むような目でイサークを見た。

「おあいにくさま、私は復讐なんて考えないわ。バレラ大尉の冥福《めいふく》を祈りたいという気持ちはあるけれど、もう過去なんてふりかえりたくはないの」

「ふりかえりたくない？」

「そうよ、修道院を出て、リオネルと結婚すると決めたとき、私は過去のすべてを捨てたの。バレラ大尉のことも、あなたと彼の間にあったこともすべて記憶から削除したのよ。だからあなたに復讐する気もなければ、恨みもないの」

過去のすべてを捨てた、復讐する気も恨みもなく、さらには俺と過ごした日々も捨てたということか。

（つまり俺は……セシリータにとって、本当にどうでもいい存在……忘れ去ってしまった過去の遺物のようなものでしかなかったのか）

この三年間、彼女への復讐のためだけに、アルゼンチンでマフィアとして力を付けようとしてきた自分の時間が腹立たしい。

どれほど手を汚してきたか。

主な仕事は、ボス——マフィアの首領の護衛だった。

首領の命を狙う者たちをその場で撃ったこともある。そのなかには命を落とした者もいるが、首領の命を守ることが最優先だった。

先々月、首領が病気で亡くなったあと、彼からの指名と幹部全員一致の推薦もあり、イサークは後継者としてマフィアの仕事を引き継いだ。

酒場や賭博場の経営、女衒、娼館の運営、土地転がし、金貸し、麻薬の密売……と、裏社会ならではの仕事の数々。

　今さら組織での仕事に後悔はないが、すべてセシリータへの想いがイサークを衝き動かしていた。

(だが、セシリータは俺のことなど記憶から削除し、新たな男との結婚を夢見ていた)

　何という残酷な現実だろう。

「お願いよ、イサーク。私をスペインにもどして。過去のことは忘れて」

　セシリータの懇願に、今度はイサークが苦笑した。

「あいにく俺はおまえと違って執念深くてね。過去の恨みを忘れられるほど人間ができて
いないんだ。憎しみこそ俺の原動力だ。だからおまえも俺を憎めばいい」

　投げやりに言ったイサークに、セシリータは大きくかぶりを振り、泣きそうな顔で訴え
た。イサークの腕をつかみ、それこそ必死にすがるように。

「いけないわ。そんな哀しいことを言わないで。互いに憎しみあっても前には進めないわ。

あなたも復讐なんて愚かなことは忘れて、未来に夢を抱いて」

「どうして前に進まないといけないんだ。俺には進みたい未来なんてない。未来への夢な
んてもっていない。ああ、あるとしたら、おまえを地獄に堕とすことだ」

「もう堕としたじゃない、私をめちゃくちゃにして」

「あんなもの、地獄でも何でもない。復讐はこれからだ。おまえをアルゼンチンに連れて

いってからが本番だ、楽しみにしてろ」

「……っ」

「リオネルにももう二度と会わせない。故郷にも帰す気はない」

「ひどいわ」

視線を落とし、セシリータが哀しそうに眸を震わせている姿に、イサークは苛立ちを感じた。

そんなにリオネルがいいのか。家のために、金で身を売る花嫁ではなかったのか。

昨夜のセシリータの言葉が耳に甦《よみがえ》る。

『違うわ、好きでもない男じゃないわ。私は自分の意思で彼と婚約したのよ』

その瞬間、イサークのなかでなにかが弾けてしまった。

まだ心のどこかに残っていた彼女への敬愛の念とでもいうのか。イサークは三年前のセシリータの裏切りを信じ切れないでいた。

けれど彼女がそう言った瞬間、イサークのなかで最後の最後まで残っていたわずかなセシリータへの憧れの気持ちが消えてしまった。

あんな男がいいのか。

あんなふうに牛に細工して、地位をあげるような卑怯な男との結婚をおまえは望んでいるというのか。

無性に腹立たしくなり、たまらずセシリータをベッドに押し倒して陵辱してしまった。

本当はもう少し大切にするつもりでいたのに。

少しでも彼女が、かつて自分の愛したときの彼女であったなら、ああも強引に自分のものにする気はなかった。

それなのに、彼女が自ら望んであのような最低の男のものになろうとしている事実に激しい憤りと苛立ち、さらにはずっと彼女を愛していた自分への自己嫌悪も伴って、イサークは我を忘れたようにセシリータを貪ってしまった。

(今もそうだ、あれだけ男に穢されておきながら、まだ次の寄港地からスペインにもどり、リオネルに赦しを乞うつもりでいるなんて)

そう言われると、なにがあっても彼女を手放すものかという強い気持ちが湧いてくる。

もちろん、もともとなにがあってもアルゼンチンに連れていくつもりで、侯爵家には裏で手をうっておいたが、セシリータにそれを告げる気はない。

すべて伝えるのはアルゼンチンに着いてからだ。

おまえにはもう行き場がない。俺とふたり、アルゼンチンに骨を埋めろ。マフィアの情婦として生きる人生を受け入れろ。簡単なことだ、むこうでやることといえば俺が望んだときに身を捧げ、俺がその気になったときに裏町の酒場でタンゴの相手をすればいいだけだ。他にはなにも望まない。

そのことをアルゼンチンに着いた夜に告げる。イサークが用意したスペイン風の邸宅に連れていって。

「——さあ、早く食べろ」

「けっこうよ。食べる気にならないから」

セシリータは髪をかきあげて立ちあがった。イサークはそのまま寝室にもどろうとするセシリータの手首をつかみ、彼女を席に座り直させた。

無理やり彼女の肩をつかみ、テーブルにあったラズベリーを手にとり、彼女の唇に押しこもうとする。

「ん……っ……やめ……っ」

唇を閉じ、あくまで抵抗しようと彼女がかぶりを振る。その勢いで、テーブルに並べられていた籠がひっくりかえり、フルーツが次々と落ちていく。

「落ちてしまったじゃないか」

「あ……」

「洗えば済むものだったからよかったものの、パンやスープだったらどうするつもりだったんだ。食べ物を粗末にするとは。おまえも成り下がったものだな」

イサークは床に落ちたラズベリーや桃、オレンジを拾って籠にもどした。

「どういう意味」

「内戦中のことを忘れたのか。ふたりで約束しただろう。生き抜くため、食べ物に感謝し、どんなものでも喜んで口にしようと」

セシリータの父が亡くなったあと、グラナダの領地は戦禍《せんか》に荒らされ、牧場や農場はぐちゃぐちゃに破壊され、明日、食べるものにも困ったときがあった。

使用人たちを餓えさせまいと、イサークはセシリータとともに地方の村まで出かけ、必死になって食べ物を集めたこともあった。

「ああ、そうか、おまえは過去をすべて忘れたんだったな」

挑発するように言うイサークに、セシリータはきゅっと手をにぎりしめた。

「……忘れたりしないわ。他のことを忘れたとしても、あのときの苦しみだけは絶対に忘れたりするものですか。そうよ、私に憎いものがあるとすれば……それは戦争よ。あなたは私への復讐を生きる糧にしてきたのかもしれないけど、私は戦争への憤りとあの時代の苦しみを生きる糧にしてきたわ」

その言葉に、胸の奥でほっとしている自分がいた。セシリータらしい。やはり彼女はこうでなければ——と。

「なら、食べろ。食べられるものがあることに感謝しろ」

「……っ」

セシリータはキッと強い目でイサークを睨みつけた。

「わかったわ、食べるわよ。食べればいいんでしょう。ええ、どんなものだって食べるわ。あなたに負けないために」

「俺に？」

「そうよ、なにがあっても生き延びるために。確かにそうよ、体力をなくして死んでしまったら、あなたに負けたことになる。それだけはイヤだから」

「どういうことだ、負けたこととは」

「憎しみや恨みを持った人間には負けないということよ。でも私はあなたを憎まないわ。なにをされても。負の感情をかかえていても、自分の内側が汚れるだけだから。現にあなたがそうじゃないの。憎しみゆえにマフィアになって、私を犯して。決して幸せではないはずよ。だからそんな人に負けたくないの。ううん、負けるわけにはいかないの」

　セシリータは目の前のサンドイッチに手を伸ばした。

　その眸、怒りに満ちた目に見つめられると、どういうわけかさっきから背筋がぞくぞくとしてくる。

　イサークがセシリータに惚れたのは、この生き生きとした強い眸を持っていたからだ。なにがあってもしなやかに前にむかって生きようとするたくましさが好きだ。

　凛とした気品。男に従順でしとやかで、おとなしくほほえんでいるだけのような女性が好まれる風潮のなか、彼女のように自分の意志をしっかりともった女性はめったにいないからこそ、イサークには稀少な宝石のように感じられる。

身体の内側に焔を宿した戦士のような女性……。

だからこそ、彼女の鋭い眼差しで見つめられると、彼女に負けたくない、彼女から愛される男になりたいという気持ちが湧いたのだ。

三年前、あれほど手酷く振られ、見捨てられたというのに捨てきることができなかった恋心。

それまでだって何度も諦めようと思った。

彼女が幸せならそれでいい。

それでなくとも、ジプシーの孤児だった自分が彼女のそばで暮らし、彼女の父親から教育をつけてもらえたこと自体、ありがたいことなのだ。

その感謝を忘れず、彼女への執着を忘れるのもひとつの愛の形だと何度か自分に言い聞かせた。

けれど駄目だった。

彼女がリオネルと婚約したという話を聞いたとき、イサークはいてもたってもいられなくなってしまった。

どうして彼女がリオネルのような男と結婚するというのか——と考えただけで、腹立たしさがこみあげ、歪んだ彼女への執念の焔がイサークの身体のなかで熱く燃えさかってくる。

(同じ最低の男なら、あんな男ではなく、俺のものになれ)

最低という点なら、八百長をしている闘牛士も、裏社会で生きているアルゼンチンのマフィアもそう大きく変わらない。

「そっちのフルーツもちょうだい。洗ってから食べるわ」

セシリータはサンドイッチを食べ終えると、オレンジジュースを飲み干し、イサークの前にある果物用の籠に手を伸ばした。

「ずいぶん立派な食べっぷりだな。お腹が空いてないんじゃなかったのか」

汚れていない青リンゴをひとつ手にとり、イサークはナイフで皮をむいて、小さな欠片をセシリータに手渡した。

「考え直したって言ったでしょう。出されたものはすべて食べるわ。でないと貴方から逃げることもできないから」

「どうやって逃げるつもりだ」

「その気になれば何だってできるわ。空を飛ぶことは無理だけど」

確かに、この女なら、海に飛びこむことだって考えられる。寄港地で、積み荷のなかにまぎれこむことだってあるだろう。

「おもしろいことを言う」

「私はなにがあっても諦めないから」

セシリータの強気な言葉を聞いていると、ますます背筋がぞくぞくしてきた。

何て強くて凜々しい、そして美しい女だろう。

「なら、やってみろ。もちろん逃がす気はない。おまえを俺と同じ地獄に堕とすまで」

イサークはこらえきれない妖しい劣情に煽られるかのように、セシリータをソファに押し倒した。

「イサ……っ！」

バスローブのひもを解くと、はらりと引力に負けて布が落ち、薔薇の香りをまとった豊かな乳房があらわになる。

昨夜……といっても、数時間前だが、初めて触れたセシリータの甘く芳しい肌。そのときの心地よい記憶が身体の奥から甦り、たまらず手のひらで乳房をつかみあげ、揉みながら、イサークはその首筋に顔を埋めた。

「あ……やっ……あっ」

なめらかな皮膚。少し触れただけで、たちまち粟立ち、繊細そうな皮膚にしっとりと汗がにじみ始める。

「いや……イサーク……っ」

「反発すると、おまえを寝室に閉じこめるぞ。そうなれば、逃げ出すチャンスも失う」

「イサーク……」

「航海の間、おまえが従順であれば、他の客たちと交流ができるようなサロンにも連れていくし、甲板でのディナーにも連れていってやる。だがこれ以上かたくなだと、ここから出すわけにはいかない」

脅すように言うと、セシリータは絶望的な眼差しでイサークを見あげた。

「……好きにすればいいわ。ただあなたが最低の男だと再確認するだけだから」

屈辱に身を震わせながらも必死に気丈に振る舞おうと、顔を背けて重い息を吐くセシリータの横顔はこの上もなく美しい。

どうせ逃げる算段でもしているのだろう。

本当は一カ月の間、ここにずっと閉じこめておきたいが、美しく飾り立てたセシリータを連れて、自分の婚約者とでも紹介し、船内のサロンで、他の恋人たち同様に、今、大流行しているタンゴを踊りたいという奇妙な願望がイサークの内側にあった。きっとセシリータと自分は誰よりもあの踊りが似合うだろうから。

もちろんそうなれば逃げてしまう可能性もあるし、なにをしでかすかわかったものではないが、それはそれで、彼女らしくて頼もしいと思う歪な感情も存在する。

自分のもとに捕らえてどこにも逃がしたくないのに、逃げようと必死にもがくセシリータが見てみたい。

誰の目にも触れさせず、ふたりきりの空間で自分のためだけに美しく輝かせたいという気持ちと同時に、大勢の女性たちのなかで、誰よりも優美で、凛とした女王のように輝くセシリータが見てみたいという想いがある。

誰もいないところで身体をつなぎあわせるようにタンゴを踊りたいと思う反面、人前で誰よりも華麗にタンゴを踊るセシリータを楽しみたいという欲望も存在する。

どちらがより強い感情なのかはわからないが、イサークにはただひとつわかることがあった。

それは、自分のなかでのあり得ないほど強いセシリータへの独占欲。よく三年間も離れて暮らせていたものだと、自分の忍耐に感心してしまうほどの。

「そう、おとなしく振る舞っていれば、船室の外にも連れていってやる」

唇をついばみ、舌先で乳輪に刺激を与えながら、感じやすい腿の内側に手を差し入れる。かすかに盛りあがった秘部を手のひらで撫でていく。蜜がぐっしょりと指を濡らし、イサークはふっと笑った。

「もうびしょ濡れじゃないか」

「ん……そんなことな……っ」

「本当のことだ、ずくずくじゃないか」

意地悪なことを呟くと、セシリータの胸は心地よいほどの張りを見せ、感じている証拠なのか、蜜口からはさらに露をあふれさせる。

「ああっ……ふ……うっう」

ぐしょぐしょに濡れているとはいえ、小さな芽も奥の小さな花びらも、セシリータのそこは昨夜同様にまだまだみっしりと合わさっている。

だが、それでも初めてのときよりもやわらかくイサークの指を呑みこもうとしていた。

先ほどの情交の名残があるのだろう、粘膜の奥はぬかるんだ沼のようにとろとろに蕩け、骨張った関節でこすりあげながら、粘膜を抉るように刺激を与えると、そこがふるふると蠕動《ぜんどう》し始める。

彼女が快楽を感じている証拠だ。それが嬉しかった。

「あ……あぁっ、いやっ」

昨夜よりも敏感に反応するセシリータの声がなまめかしい。しっとりと濡れたようになっている皮膚も、喉から漏れる声も昨夜よりずっと甘い。

彼女のなかではとてつもなく忌まわしい行為だろう。

けれどそこから生まれてくる悦楽《えつらく》に、少しずつではあるが、淫らな反応を示すようになってきている。

感じたくないのに感じてしまう。自尊心の高いセシリータがそんな屈辱に顔を歪ませているさまが、イサークに至高の恍惚、最高の陶酔を与える。

「お願い……いや……これ以上は……」

「かわいそうに。いやだいやだと言いながらも、こんなに蜜をあふれさせて」

「言わないで……っ」

「言われたほうが感じるくせに。歪んだ女だ、おまえは」

違う、本当に歪んでいるのは俺だ。

本当にかわいそうなのも自分だ。初めて会ったときからこの女に狂わされ、人生をすべて振り回され、今もまだ溺れている。

(そうだ、深みでずっと溺れている)

イサークは衝動のままセシリータの腰をつかんで引き寄せると、ズボンの前をくつろげ、大きくひらいた彼女の脚の間の蜜壺に己の怒張を埋めこんだ。

「ああ……ああっ！　ああっ！」

昨夜、あれだけイサークを銜《くわ》えこんでおきながら、また狭くなっている体内に、イサークは強引に己の切っ先をねじこんでいった。

まだ完全に熟れてはいない粘膜。きりきりとイサークの肉塊を締めつけてくる。その初々しい彼女の肉の反抗がイサークに歪な悦びを与えてくれる。

自分にとって届かない花だったセシリータ。その彼女相手にどうしてこんなことをしているのか、本当は自分でもよくわからない。

そのまま細い脚をかかえて、かき混ぜるようにして勢いよく腰を打ちつける。

「ああっ……ああ……ああっ」

ずぶずぶっと、音を立てて結合部から粘りのある蜜が飛び散るようにあふれる。

セシリータの粘膜は蠕動しながらイサークの屹立にじわじわと吸いついていく。

脳が痺れそうな、たとえようもない恍惚感がたまらない。

数時間前に抱いたばかりだというのに、また彼女のなかに己の欲望を叩きつけたい衝動が募っていく。

きりきりと肩に喰いこんでくる爪の痛みが心地よい。

必死に身体をこわばらせ、体内に埋めこまれたものを何とか追い出したがっている膣の抵抗すらも愛おしい。

もっと反抗すればいい。もっと嫌がればいい。そしてもっと憎めばいい。

痛みと屈辱に辛そうにしているセシリータのこんな有様を、以前の自分だったら、とても見ていることはできなかったし、絶対にこのような乱暴な振る舞いをすることはなかっただろう。

彼女の痛みは自分の痛み。彼女の哀しみや痛みのすべてを自分が背負いたいという想いで愛していたのだから。

だが、今は違う。むしろその痛みと哀しみを自分への憎しみとしてぶつけてきて欲しいと思っている。

(頼む、俺を憎んでくれ。今度こそ、おまえに憎まれたい。おまえが復讐したいと思うようなことをしてやる。あっさり記憶から消されるよりはずっといいのだから)

そうだ、もっと憎めばいい。もっともっと俺を嫌ってくれ。忘れられないほど、記憶から削除できないほど。

イサークは胸に広がる昏く歪んだ鬱屈をぶつけるように、セシリータの身体を激しく貪った。

彼女の皮膚も粘膜も、そのなにもかもが憎しみとはうらはらに、狂おしげにイサークに絡みついてくる。

何という熱、何という瑞々しい心地よさ。肉体は彼女の蜜にしたたかに酔いしれている。しかしどういうわけかイサークは乾いた砂漠をさまよっているような錯覚を感じていた。

セシリータへの復讐を誓って流れ着いた見知らぬ土地アルゼンチン。

首都ブエノスアイレスで、甘く官能的なアルゼンチンタンゴが流れる場末の下町で身を潜めるように過ごすなか、叶わない想いと憎しみのはざまに心が引き絞られるような感覚を抱きながら、実力をつけ、のしあがっていくことだけを考えた。

そのせいか、今、船内のサロンでひんぱんにタンゴが流れているが、その音楽を耳にするだけで、セシリータへの名状しがたい気持ち——憎しみなのか愛しさなのかわからないが、彼女を誰のものにもしたくないという独占欲と執着を含んだ想いが胸に甦ってくる。

ようやくセシリータを連れて、アルゼンチン行きの船に乗りこむことができ、こうして彼女をほしいままに支配できるようになった。

それなのに、どうして心のなかに砂漠ができているのか。

（きっと、彼女が俺を忘れていたからだ。どうでもいいような存在として、恨みや憎しみすら持っていなかったせいだ）

セシリータのことだ。必ずどこかで逃亡をくわだてるだろう。

だが、絶対に逃がす気はない。

逃げよう逃げようと彼女が必死に足掻き、それでもなおイサークに捕らえられて、絶望に打ちひしがれる彼女の顔が見たい。

そんな彼女をこうして組み敷きたい。心で嫌がりながらも、イサークから教えこまれた快楽にセシリータの肉体が達してしまうその瞬間を味わいたい。きっとあり得ないほどの陶酔を感じるだろう。

（やはり俺は最低な男だ。俺の内側には、彼女が最も嫌悪している、負の感情しかないのかもしれない）

自分は狂っているのか狂っていないのか。

いや、そうではない。狂っているのは最初からわかっていることだ。今はただ同じ狂気の檻のなかで、彼女とともに破滅していきたいだけ。

「ん……っ」

なまめいた声、その吐息。なにもかも逃したくなくて荒々しく唇を吸い、淡くひらいた口内へと侵入していく。

舌を奪いとり、絡めあげながら胸を揉みしだき、腰を動かして彼女の狭苦しい膣を突きあげていく。

「ん……ふ……っんんっ」

固い凶器に抉られ、子宮口がうける堅苦しい圧迫感にセシリータは身悶えしている。全身に玉の雫のような汗をにじませ、小刻みに肉体を痙攣させせながら。

「あ……ああ……あっ……ふ……んんっ」

まだ痛むのか、それとも感じている身体が許せないのか。

セシリータの眉間には、苦悶《くもん》とも愉悦ともとれるしわが刻まれている。

彼女の苦悶とは対照的に、イサークを銜えこんだそこは、ふるふると粘膜を蠕動させながら蜜をしたたかに滴らせ、猛々しい性器を奥へと呑みこんでいく。

昨日よりもずっと熱っぽい。その蜜のなかに甘美な毒でも含まれているのではないかと思うほど、ぴりぴりと心地よくイサークの牡を痺れされる。

やわらかく熱い肉に包まれていると、自分の肉棒が彼女の熱に爛れたようにどろどろに溶け始め、彼女の肉襞に吸収されていくのではないかと、そんな恍惚をおぼえる。

　こここそ、地獄の入り口ではないだろうか。ふっとそんな埒もない想いが胸の底をよぎっていく。

（それならいい、いっそ俺を破滅させせろ）

　地獄の業火のような熱にもっと溺れさせられたくて、イサークはセシリータの腰をひきつけると、彼女の子宮口を抉るような勢いで腰をぶつけていった。

「んっ……あぁっ！　あああっ！」

　容赦なく、自身のものを深々と根元までねじこんだとき、猛烈な痛みと刺激からか、セシリータは身を大きく反らしながらイサークの肩にいっそう強く爪を立てた。

「あっ……っ……はあ……ああ」

　苦しげな、それでいて甘い吐息。

　奥まった場所に喰いこませるように腰を動かすと、感じやすい場所をこすってしまったのか、ひくりと、彼女の内壁が大きく痙攣するのがわかった。

「ここが感じるのか」

　いったん腰をひき、そこをわざと強くこすりあげると、彼女の内壁はイサークを離すまいと強く蠢きながら締めつけてくる。

「っ……っ……ああ……いや……いやっっ」

自分の変化が怖いのだろう。セシリータは大きくかぶりを振っている。けれど感じている証拠に、彼女のつま先が反り返っている。

「ああっ……怖い……いや……怖い」

その透明感のある美しい声が鼓膜に心地よかった。

彼女が心と身体の歪みのなかで喘いでいる。そう思っただけでセシリータの内側にいる陰茎がいっそうの昂ぶりで彼女の内部を圧迫する。

「セシリータ……」

愛している——という言葉の代わりに何度も何度も腰をぶつける。

情欲ではなく、歪んだ愛情の証として。

きっとこの先、抱いても抱いても飽くことはないだろう。

「いや……もう……こんな復讐は……もう」

「どこが復讐だ、おまえの肉体をこんなにも快楽に溺れさせているのに」

「溺れて……なんて」

「だが、おまえの体内は気持ち良さそうだ」

嫌がる言葉を口にして脅し、辱め、泣かせ、それでも快楽に溺れていることを彼女に知らしめていく。

肉体と心の乖離《かいり》がセシリータに与える歪みを確かめていると、イサークはようやく自分が彼女を支配できているような、奇妙な安堵感に満たされる。
「いやっ……ああっ……ふ……く……やめて……イサーク、ああっ！」
彼女のなかに自分が溶けていくのがわかる。
引き絞られるように自分も絶頂へと駆けのぼっていく。
やがて脳が真っ白になる。
そのとき、ふっとイサークの脳の片隅からギターの切ない音楽が聞こえてきた。
『アルハンブラの思い出』――ふたりの思い出の曲、懐かしい音楽が。

四　禁じられた過去

『アルハンブラの思い出』――あの音楽を初めて聴いたのはいつのことだったろう。

子供のころ、イサークはアンダルシア地方の最南端マラガの波止場で暮らしていた。

父はなく、母は観光客相手に場末のステージでフラメンコを踊るダンサーで、五歳年下のリタという妹との三人家族だった。

もともと母は内陸部にあるグラナダに住んでいたが、よそ者だった父と恋に落ち、駆け落ち同然にマラガにやってきたという。

母は一晩中、踊るのを仕事としていた。イサークも五歳のときから見よう見まねでカスタネットを持ち、フラメンコを踊っていたように思う。

「イサークは、筋がいいわね。容姿もいいし、いいダンサーになるわよ」

母はそんなふうに言ったが、イサークはフラメンコダンサーよりも闘牛士になりたかった。そのほうがずっと金になるからだ。

「母さん、俺、闘牛士になりたい」

ちょうどアパートの前に建っていたマラガの闘牛場。

そこに大きな車で乗りつけてきて、スペインの英雄として称えられている闘牛士の姿は、幼いときのイサークの憧れだった。

「じゃあたくさん稼いで、母さんに大きな家を買ってよ」

「ああ、母さんとリタにね」

「でも、それならこの街じゃなくて、セビーリャかグラナダに行かないとね。いい牧場がたくさんあるから、そこで牧童をしながら勉強して」

「グラナダって、母さんの故郷だっけ？」

「そうよ、とっても素敵な場所。『アルハンブラの思い出』って曲があるでしょう？　あの曲の舞台になったアルハンブラ宮殿があるの。母さん、そのむかいにあるサクロモンテの丘に住んでいたのよ。イサーク、十二歳になったら、グラナダに行きなさい」

「あと三年だね。あ、そうだ、じゃあ、俺、それまでにギター覚えるよ。『アルハンブラの思い出』が弾けるように」

そんなふうに母と約束したのだが、イサークが十歳のとき、彼女は流行病であっさりと亡くなり、それからは妹のリタとふたりきりで暮らすようになった。

そのリタも半年後には母と同じ病気で亡くなってしまった。

それからは、昼間は船の積み荷運びを手伝ったり、夜のステージでフラメンコを踊ったり、観光客相手にギターを演奏したりして細々と暮らしていた。

その当時、のちに第一次世界大戦といわれる戦争が終了したあと、スペインは右派と左派というふたつの政治勢力にわかれていた。

そんななか政権をにぎっていたのは、国王から首相に任命されたリベラという男で、当時のスペインは強力な軍事独裁政権となっていた。

独裁政権に反発する者たちがあちこちで叛乱《はんらん》を起こし、各地で小競り合いが日常的に起き、国全体にきな臭い空気が漂っていた。

そんなある日、マラガの船着き場近くにある小高い山のふもとで爆破事件が起きた。

貴族や政府関係者のクーデターだったらしい。

イサークが十一歳のときだった。

何台もの車が破壊されて大勢の人が地面に投げだされ、爆破の震動で崩れた建物や山肌が崩落し、何人もの人々が生き埋めになった。

「まただ。有力者の多くが亡くなったらしい」

イサークは生き埋めになった人を助けるために、現場に駆けつけ、朝から夜遅くまで瓦《が》礫《れき》を運ぶ手伝いをした。

「イサーク、金になりそうなものが見つかったら、ちゃんととっておけよ。あとで売れた分の半分はおまえにやるから」

声をかけてきたのは、近所に住む三十過ぎの男だった。

このあたりを牛耳っているマフィアの幹部で、イサークのような、親のいない子供たちに、よくそうした汚い仕事の手伝いをさせていた。

（そんなことして、見つかったら軍に殺されるじゃないか。こいつら、そのうち俺にアヘンの密売でもやらせるつもりなんだろうな）

心のなかで文句を言いながらも、それでもイサークはどうしても金を手に入れたいと思っていた。

金を貯めて、グラナダに行って闘牛士になる。母との約束を守るために。

母が亡くなったのも、妹が亡くなったのも、金がなくて医者に診《み》せられなかったからだ。二度とあんな思いをしたくない。

金さえあれば、グラナダにも行けるし、なにかあったときに困ることはない。

そんなふうに思いながら、大きなシャベルを持ち、事故現場の土砂を積み上げていたときだった。

土砂の陰で泥だらけになりながら泣きじゃくっている女の子と出会ったのだ。

ピンクのドレスを着た金髪の、お人形のような風貌の、五、六歳の女の子だった。

「おまえ、名前は？」

問いかけても、彼女はかぶりを振るだけ。小さなぬいぐるみのウサギを抱いていて、そこにリタと刺繍がされていた。

「このウサギ、リタっていうの？」

リタ……という名前に、胸が熱くなった。

亡くなった妹は、黒髪に黒い眸で、彼女とはまったく似ていなかったが、それでも妹が生き返ってきたような気がして。

「わからない……なにもわからないの」

車の事故でひとりだけ生き残ってしまったようだが、ショックで記憶を失っていて、名前もどこからきたのかもわからない様子だった。

「貴族の娘のようだな。綺麗な顔をして。実家をさがして身代金を要求してもいいし、幼児愛好趣味の軍人に高値で買ってもらうこともできるな」

後ろから現れた先ほどの男が泣きじゃくる彼女の手を引っ張っていこうとした。

「いやっ、離して。離しなさいっ！」

泣きながらも、その女の子は気丈に男の手を払おうとしていた。その様子を見かねて、イサークはとっさに彼女の前に立ちはだかった。

「駄目だ、この子は俺の妹だ！」

「おまえの妹だと？　ウソをつくな。こんな綺麗な身なりの女の子がおまえの妹のわけないじゃないか」

「俺の妹のリタなんだ。この服は俺がプレゼントしたんだ。だから離せっ！」

イサークが男を突き飛ばすと、彼女も同じようにドンと男を突き飛ばした。

「よし。じゃあ、行くぞ」

彼女の手を引っ張って、イサークは駅へとむかった。

マラガにいたのでは、すぐに見つかってしまう。どこか別の街に行こう。そうだ、もっと大都会に行って、そこで闘牛士を目指そう。

今まで金がなくて断念していたけれど、彼女との出会いが背中を押してくれた。勇気を与えられたのだ。

（そうだ、母さんが言っていた。グラナダに行けって）

母の故郷にむかおう。

イサークは女の子を連れて、グラナダにむかう列車の積み荷のなかに潜りこむことにした。途中で自宅にもどって、金をすべてポケットに詰めこみ、パンとオレンジを買って駅へとむかう。

その間、彼女はずっと不安そうな顔で泣いていた。連れてきてよかったのか。マラガの役所に連れていったほうがよかったのか。

イサークはふと不安になった。

(でも……たしか、市長は貴族が嫌いで、外国の力を借りて、この国を変えようとする政治家の仲間だって聞いた。だったら、この子を連れていっても、なにか悪いことになるかもしれない)

子供ながらも当時の社会情勢をわかっていた。先ほどのマフィアだけでなく、政治的な面でも彼女が安全ではない気がして、イサークはとっさにそう判断したのだった。あとになって、それが英断だったことがわかるのだが。

「どこに行くの?」

深夜の貨物列車をまわって、どこかにふたりが入れるスペースがないかさがしていると、彼女が問いかけてきた。

「グラナダ……アルハンブラ宮殿の見えるところ」

「アルハンブラ?」

「この音楽の舞台になったところ」

狭い貨物のすきまをさぐりながら、イサークは音楽の出だしの部分を軽く歌ってみせた。するとと彼女は身を乗りだし、初めて笑顔を見せた。

「知ってる、私、その曲知ってる。その曲、大好き」

なにも思いだせないのに、この音楽だけは覚えているとは。

もしかするとアルハンブラとグラナダになにか彼女の身元がわかる手がかりになるものがあるかもしれないと思った。

「やっぱりグラナダに行こう。アルハンブラ宮殿のあるところ。おまえとなにかつながるものが見つかるかもしれない。おまえの家をさがそう」

イサークは彼女を貨物のすきまに座らせたあと、パンとオレンジを食べさせた。

「ねえ、お兄ちゃんも一緒に食べよう」

パンを半分に切って彼女が差しだしてくる。窓から差しこむ月の光を浴びた彼女の笑顔は天使のような美しさだった。

「俺はいいから。おまえが食べな」

「駄目、半分にしましょう。でないと食べないから」

「わかったよ、そうしよう」

渡されたパンの半分の欠片を口にしていると、電車がゆっくりと動き始めた。

「あの歌……教えて」

「あの歌？」

「アルハンブラの歌……」

「あれは正式には歌じゃなくて、ギターの曲なんだ。ギター、置いてきたから、今弾くことはできないけど」

「じゃあ、グラナダに行ったら、ギター弾いてくれる？」

「うん、約束する」

「うれしい、絶対に弾いてね」

「ああ」

幸せな時間だった。タタン、タタン、タタン……という振動に身をゆだね、ふたりで貨物のすきまに身を潜めて過ごす。彼女はウサギのぬいぐるみを抱いたまま、いつしかイサークの肩にもたれかかって寝息を立て始めた。

ゆっくりゆっくりと進んでいく列車の心地よい振動。甘く優しい彼女の香り。それからぬくもり。

久しぶりだ……と思った。こんなふうに誰かのぬくもりを感じているのは。

母が亡くなり、真冬の夜、妹を病気で亡くして以来、誰かと触れあったことは一度もなかった。

翌朝早くに、貨物列車はグラナダの駅に到着した。駅員がくる前に、イサークは彼女を連れて外に飛びだした。まだ朝靄《あさもや》のかかった明け方のグラナダは、時間が止まったように静まりかえっている。

「母さんの故郷があるんだ、サクロモンテの丘に行こう」

夜明けのシンとした時間帯、青い薄明のなか、小さな彼女と手をつなぎ、白い住居が建ち並ぶサクロモンテの丘をのぼっていく。

「私はお兄ちゃんの妹なの？」

「違うんだ。多分、おまえはどこかの大きな家の娘だ。貴族だと思う。おまえ、いろんなことを忘れているけど、あの丘の上にある城の音楽だけは覚えていた。だからあの城を見て、思いだせそうなことがあったら思いだすんだ」

「うん、わかった」

まだ誰も目覚めていない時間のサクロモンテ。母から前に聞いた情報をたよりに坂道をのぼる。

そのあたりには、岩をくりぬいた白い洞窟住居が並んでいた。どの家にも、キッチンや応接室、寝室などもあり、ふつうに生活する分には充分だった。夏は涼しく、冬はあたたかいので住み心地がいいとも言われていた。

まわりにはサボテンが植えられ、むかいの丘には赤い壁の美しいアルハンブラ宮殿が建っていた。

「見て、お兄ちゃん、お城、すごく綺麗なお城よ」

坂の上までくると、真っ白な漆喰の塗られた手すりの前に行き、ちょうどサクロモンテの丘の真正面に見えるアルハンブラ宮殿を指さした。

瑞々しい緑の大気のなか、薔薇色の朝陽を浴び、赤みがかった黄金色に輝いて見えるアルハンブラ宮殿の朝の姿。

　そのとき、後ろのほうからどこかの音楽家の演奏するギターが聞こえてきた。

『アルハンブラの思い出』――イサークも演奏できる音楽だった。

　切なくメランコリックなトレモロの旋律。かつてアルハンブラ宮殿を中心として繁栄しながらも、滅びてしまったグラナダ王国を回顧して作られた名曲だった。

「あ、あの曲よ。とっても綺麗な音楽ね。それに、とっても綺麗なお城……でもなにも思いだせないの。私、名前もなにもわからない。私、お兄ちゃんと一緒にいちゃだめ？」

「俺だって、おまえが本当の妹ならうれしいよ。でも違うだろ。おまえにはもっと金持ちで、おいしいものを食べさせてくれる家族がいるはずだ。だからさがさないと」

「いやだ、私、おいしいものよりお兄ちゃんと一緒にいたい。お兄ちゃんの妹になっちゃだめなの？」

　イサークはとまどった。

　本当は自分だって彼女といたい。彼女と一緒に暮らしていけたらどれほど幸せだろうか。だが、もし彼女が本当の貴族の娘だったら、イサークは誘拐犯として逮捕されてしまう可能性がある。

　ジプシーの孤児が、貴族の令嬢を誘拐。殺されても文句が言えない立場だ。

「お兄ちゃん、一緒にいたいの。お兄ちゃん、一緒にいちゃだめ？」

彼女は目を輝かせながらイサークを見あげた。

「ううん、じゃあ記憶がもどるまで一緒にいよう」

思わずそう答えていた。あまりにも愛らしくて、あまりにも愛おしくて。

「私……じゃあ、記憶がもどらなくてもいいわ。お兄ちゃんの妹でいる」

「でも、俺、ものすごく貧しいよ。食べ物だってドレスだって満足に与えられやしない。

それでも、なにも覚えていないんだったら、俺の本当の妹になる？」

「うん、私、お兄ちゃんと一緒にいる」

「いいの？」

「だって、お兄ちゃんのこと大好きだから」

彼女はそう呟くと、両手を胸の前であわせて目を閉じてなにかを祈った。

薔薇色の神々しいほどの朝の光を浴びながら、甘く優しい叙情的な音楽の流れるなか、祈りを捧げている彼女の横顔は、幼いながらもとても崇高《すうこう》に見えた。

亡くなった妹のリタは身体が弱くて、こんなふうに遠くまで一緒にくることはできなかった。

初恋というほどのものではなかったが、その横顔を見ていると、自分の身体の内側が徐々に浄化されるような心地よさを感じていた。

「俺、おまえのためにがんばって働いて、スペイン一の闘牛士になるから」

そして、「がんばろう、彼女のために働こう」という生きる意欲のようなものが身体の奥底から湧いてくるのを感じた。

それから彼女の父親が現れるまでの一カ月間、彼女をリタと呼び、サクロモンテの丘でふたりで暮らしていた時間はとても楽しくて幸せなものだったと思う。

結局、母の親戚をさがしあてることはできなかったが、ジプシーの子供たちがまぎれこんで住んでも誰もそんなに興味を示さなかった。

最初になけなしの金をはたいて、街の医者のところに行き、記憶喪失以外に彼女に事故の後遺症がないか調べてもらった。

「大丈夫だよ。事故のショックで記憶がなくなったかもしれないが、身体はどこも異常がないようだよ」

「よかった、ありがとう」

そのあと、荷物運びの仕事を見つけると、廃墟になっている小さな洞窟をさがし、藁を集めてベッドを作って、彼女と一緒に暮らした。

井戸から水をもらってきて料理をしたり、小さな盥《たらい》のなかにお湯を溜めて一緒に身体を洗った。

一緒のベッドで眠り、一緒に風呂に入り、一緒に御飯を食べる。子供ふたりだけのままごとのような生活だったが、両親も妹もなく、ずっとひとりぼっちで暮らしていたイサークにとって、いきなり自分のところに天使が現れたような悦びを感じていた。

そのうち観光客用のフラメンコのタブラオで掃除をする仕事も見つけ、イサークが働いていると、彼女は大人の女性たちにまぎれてフラメンコを踊るようになった。

「イサーク、おまえの妹はとっても筋がいいね。ずいぶん目鼻立ちが整っているし、スタイルもいいし、そのうちこの街のスターにしてやろうよ」

あるとき、フラメンコを踊る彼女を見て、ダンサーのひとりがそんなふうにイサークに声をかけてきた。

「本当に？　この子、ここにずっといられるか、おばあさん、占ってよ」

イサークはダンサーの隣にいた老婆に、彼女の将来を占って欲しいと頼んだ。

ジプシーの掟は厳しい。自分たちにとって、占いは絶対的な意味を持ち、占いの結果からは逃れられない運命だと言われている。

彼女がずっとここにいられるという保証が欲しかったのかもしれない。いつか親がきて、彼女を連れていくことがないように。

いや、もしそんな結果が出たときは、きちんと覚悟しようと思っていた。彼女を失うことになっても耐えられるように。

だが、占い師は苦笑しながらかぶりを振った。

「イサーク、私はね、ジプシーじゃない人間のことは占わないんだよ。この子は本当はおまえさんと兄妹じゃない、つまりジプシーじゃないだろう？」

「え……」

「わかるよ、どう見ても貴族の娘だ。どこから連れてきたのか知らないけど、早く実家をさがさないと、おまえさん、誘拐罪で捕まってしまうよ。殺される可能性だってある」

「わかってるよ」

「なら、早くさがしな。淋しいかもしれないが、所詮《しょせん》、身分が違うんだ」

「大丈夫だ、覚悟している」

「それならいい。では、おまえのことを占ってやろう。おまえの将来を……」

老婆はそう言って丸いテーブルに着くと、タロットカードをとりだし、イサークの未来を占い始めた。

その前に立ち、イサークは緊張しながら、老婆の手がカードを並べていく様子をじっと見ていた。いつのまにか彼女が隣に立ち、イサークの手をにぎりしめていた。

「イサーク、おまえさん、とんでもない運勢をもっているよ」

「え……」

「生と死、成功と破滅、上昇と転落、孤独と幸福、愛と憎しみ……すべての運命において対局のカードが出てくる。こんな激しい運命を背負った人間を私は初めて見るよ。おまえさんは、恐ろしい地獄をさまようこともあれば、この世の富と権力のすべてを手に入れることもできる。吉も凶もひっくるめた大きな世界で生きていく男だ」

「俺が――――」

「ああ、カードがはっきりと教えてくれる。おまえさんは、近いうち、このサクロモンテを出ていくことになるだろう。サクロモンテだけじゃない、このグラナダも、スペインも、大きな海も越えて、大きな国の帝王になる。恐ろしい運命の持ち主だよ」

あまりにも大きなことを言われて、なにが何だかわからなかった。

「そして……運命の鍵をにぎるのが、女帝のカード」

老婆は一枚のカードをイサークの方につきだしてきた。

「その子がこのカードの女帝かもしれないね。ただし逆位置だ。もしこの子がこのカードの女帝なら、おまえとその子は、ものすごく激しい愛憎のなかで悶えることになるだろう。命をかけることになるかもしれない」

するとと隣にいた彼女が言った。

「私は占いなんて信じない。私は自分でがんばるから」

まだ五、六歳の女の子とは思えない言葉に、占い師の老婆はおもしろそうに笑った。

「お嬢ちゃん、おまえさんのことは占わないけど、おまえさんの後ろに大きな焔が見えるよ。おまえさんも大きな運命を背負って生きることになるだろうね。ある意味、お似合いかもしれない。ふたりでいれば破滅して地獄にいくかもしれないし、この世の栄光をつかめるかもしれない。すべてはおまえさんたちふたりが切りひらいた先に待ち受けている」

老婆の言葉の意味は、そのときのイサークにははっきりとわからなかったが、しかし彼女と自分の運命が思っていた以上に複雑に絡みあい、未来まで続いていることだけは理解できた。

占い師の所から帰ったあと、彼女は思い詰めた顔で言った。

「イサーク、私、イサークのお嫁さんになりたい。おばあさんが言ってたことはよくわからないけど、お嫁さんになったら、離れなくてもすむでしょう？」

「え……俺のお嫁さんになってくれるの？」

イサークは驚いて彼女を見つめた。そんなふうに思ってくれるのは嬉しい。けれどまだ彼女を幸せにできるような男にはなっていない。複雑な思いが胸のなかで広がるイサークとはうらはらに、彼女はゆるぎのない声で言った。

「私はイサークとずっと一緒にいたいの。イサークは？　私のこと、嫌い？」

「そんなわけないだろ。でも今は約束できない。だって、俺、まだ何にも持ってないから。もっとちゃんとしっかりした仕事について、きみを幸せにできるような男になるまでは、結婚なんて考えられないよ」

「じゃあ、約束して。そうなったら必ず私をお嫁さんにするって」

「わかった、約束する」

「そのときは『アルハンブラの思い出』を私のために演奏してね」

「ああ」

夕陽に赤く染まったアルハンブラ宮殿を見ながら、互いの唇を軽く触れあわせるだけのキスをした。


ふたりでずっと一緒に生きていく。

そう誓った数日後、突然、イサークのところに立派な服を着た紳士の一行が現れた。

彼女の実家の執事だった。

彼女の本当の名はセシリータ。このあたりで一番裕福な侯爵家の令嬢らしい。

母親と海辺の別荘にむかう途中で事故に遭ってしまい、母親は亡くなったものの、彼女の遺体は見つからなかった。なのであちこち行方を追っていたという。

「こいつだ、こいつがお嬢さんを攫っていったんですよ。この薄汚いジプシーのくそ坊主がお嬢さんを」

いきなり家に入ってきたのは、最初に彼女を攫おうとしていたマフィアの男だった。侯爵家が行方不明の令嬢をさがしていると聞きつけ、イサークの行方を追っていたらしい。

「ウソよ、イサークは私を大切にしてくれたのよ。ひどいのはこの人のほうだから。このおじさん、ウソをついてるわ」

セシリータはそう訴えたが、イサークは彼女を誘拐した犯人として警察に捕まった。そのまま犯罪者として投獄されたのだが、翌日釈放された。イサークを助けるために牢獄に現れたのは、彼女の父親だった。

「街の人から聞いたよ。きみは私の娘を本当に大切に守ってくれていたそうだね。記憶を失って、娘は名前も事故のことも忘れていたようだ。医者に診せてもくれたんだね。医者からも話をきいたよ。なのに、こんなところに入れてすまなかった」

侯爵はセシリータから話を聞いて、すぐにイサークのことを調べ、牢獄から出してくれ、自分の家にこないかと誘ってくれた。

「うちの牧場で働きながら、学校に行って、勉強しないか」

「いいんですか」

「きみはセシリータの命の恩人だ。それにセシリータと結婚の約束をしたんだって?」

「あの……それは……」

イサークは口ごもった。

「どうした、セシリータはきみと結婚すると言ってるよ。違うのかい?」

優しく問いかけられ、自分がそんな約束をしたことで諫められているわけではないことに気づき、イサークは正直に告げた。

「すみません」

「娘の片思いなのかな？」

「い、いえ、俺も彼女のことを本気で。ですが……ちゃんとわかっています、身分違いだとはいうことは」

「ああ、ものすごい身分違いだね。だが、もしきみが努力して、身分を超えるだけの実力をつけたら、セシリータと結婚することは可能だよ」

「え……でも……俺はジプシーの孤児ですよ」

反対にイサークのほうが侯爵を諫めるように言った。

この人は何という恐ろしいことを言うのだろう。常識では考えられないことだ。そもそも由緒正しい貴族の令嬢と、ジプシーの少年とでは口を利《き》くことさえ許されないような社会なのに。

「イサーク、私は、あの事故で、妻とともにあの子も死んだものだと諦めていたんだ。あるいは悪い男に攫われ、人身売買されているかもしれないと。もしそうでなかったとしても、セシリータが私の娘だとわかれば、どんな目にあっていたか。あの街は私とは思想的に対立するの政党が支配しているからね」

「ええ、あの街の政党は貴族社会に反対しています。ですから、グラナダに出ようと思ったんです。記憶をなくしたセシリータが『アルハンブラの思い出』の曲を覚えていたというのもありますが」

「ああ、それは私がよく娘に演奏してやったんだよ。ギターじゃなく、ピアノでだが、あの子がその曲を聴くと、よく眠るので」

侯爵はうっすらと涙ぐんでいた。なにもかも忘れた娘が、その音楽だけ覚えていた、という事実に歓びを感じたのだろう。

「それにしても、きみはまだ幼いのに、ずいぶん頭がいいんだね。政治的なことまで考えて、ここまでやってきたなんて。その上、娘を宝物のように大切にしてくれ、無事に私にかえしてくれた。セシリータは以前よりも明るくなって、ずっと元気になっていた。母親の死のことをいつか思いだすかもしれないが、今は忘れて、平穏に過ごしている。それは全部きみのおかげなんだ」

「とんでもない。俺のほうこそ、彼女がいたからグラナダにくる勇気がもてたんです。いつかここにきて闘牛士になって出世するというのが亡き母との約束でしたから。むしろここにくるきっかけを作ってくれた彼女に感謝しています」

「きみは……本当に頭のいい子だね。読み書きはできるのか？」

「少しなら。ですが、学校に行ったことがないので独学で」

　このころ、よほどの高学歴のものでないかぎり、庶民の殆《ほとん》どは読み書きができなかった。母もそうだったし、まわりの大人は誰も字が読めなかったが、イサークはそれでは駄目だと思って、幼いときから独学で文字の勉強をしていた。

「頼もしい子だね。そういう子は大好きだ。うちにきてちゃんと学校に通いなさい」

「いいんですか」

「ああ、だからセシリータのそばでこれからもあの子を守ってくれないか。あの子は、きみのお嫁さんになりたいとそればかり口にしている。もちろん今のままだと難しいが、あの子のために身分を超えられるだけの男になってみないか」

　その言葉に、イサークは何の迷いもなく「はい」と答えていた。

　貴族の令嬢とジプシーの孤児。ふたりが結ばれることなど不可能なはずなのに、自分の努力次第で、ふたりの間の大きな障害を乗り越えることができるなんて。

「やります、俺、なにがあってもセシリータさまのところに這いあがってみせます」


　それから闘牛牧場で働きながら闘牛士になる勉強をすると同時に、近くの学校に通って読み書きや算数の勉強を始めた。

　自分のやっていることのすべてが未来につながっていると思うと、どんなに大変な勉強もどんなに大変な仕事もすべてが悦びとなっていった。

「がんばってね、イサーク。私も勉強がんばるから」

イサークと同じことがしたいと言って、セシリータは、当時の貴族の娘としてはあり得ないほど熱心に勉強に励んでいた。

イサークが闘牛士になる勉強をしている間、彼女はピアノやダンスの稽古《けいこ》をし、イサークが学校の勉強をしているときは、彼女も学校の勉強をして、礼儀作法や修辞学の家庭教師がくる時間にはイサークにもくるようにと言って、一緒に、貴族のような礼儀作法や社交界で生きていくための修辞学を身につけていった。

しかしそんなイサークへの好待遇を、侯爵家のひとり息子のフリオは気に入らなかったらしい。彼はイサークと同い年だったこともあり、勉強や乗馬、射撃、剣の稽古などでことごとく比較され、常にイサークに敵わないことに劣等感を抱いていた。

「あんなジプシー野郎に、どうしてそんな勉強をさせるんだよ」

父親に何度も彼が訴えていたのは知っている。

「フリオ、これからは実力主義の社会に変わっていくだろう。おまえも侯爵家を継ぐ者として、イサークのように実力のある人間とともに力をあわせていくことを覚えなさい。そうすれば必ず未来がひらけるから」

侯爵は幾度となくそう言って息子を説得しようとしたが、なかなかうまくいかなかったようだ。やがてフリオはパリの高校に進学し、イサークが高校に通いながら闘牛士としてデビューをする日が近づいてきた。

だが、当時の軍事政権への反発から内乱が始まると、闘牛の興業が思うようにできなくなり、国全体が荒れた雰囲気に変わっていった。

各地での激しい爆撃の日々。スペインは、内乱に見舞われ、貴族だった侯爵が運営する、闘牛用の牧場の経営もうまくいっていなかった。

それでも政治家と親しくしていたこともあり、かろうじて侯爵家は存続していた。

グラナダはスペインのなかでもとくに戦闘が激しく、大人気だった詩人のロルカを始め、大勢の人間が殺されていった。そんななか、イサークはそれでも闘牛士志願者の少年として、侯爵のもと、闘牛士を目指していた。

「オーレっ！」

牧場で闘牛の練習をしていると、よくセシリータが訪ねてきてくれ、励みとなった。

「みっともない、闘牛士志願の子供と仲良くするなんて、侯爵令嬢としてのプライドがないのか、セシリータには」

パリから帰省するたび、フリオはセシリータとイサークが仲良くしていることに対して文句を言った。

「闘牛士なんて、身分の低い人間のすることだ。親しくなるな」

「お兄さま、家業のことを悪く言うのはよくないわ」

「実際、そうじゃないか。牛を人前で殺して、金を稼ぐんだぞ。お父さまもお父さまだ、いつまでもそんなことをして」

パリで近代的な生活を送っていたフリオには、グラナダの昔ながらの習慣が根強く残った地域がどうしようもない後れた世界に見えるのだろう。

「でも英雄よ。闘牛士はスペインの英雄なんだから」

セシリータはいつもそんなフリオに反発していた。

「泥臭くて、野蛮なスポーツじゃないか」

「闘牛を悪く言うなんて許さないわ。イサークは英雄になって、私と結婚するのよ。そうして一生、一緒にいるのよ」

「まさか、あいつ、おまえと結婚して、この家をのっとろうと考えているんじゃないだろうな。俺はいつか殺されるかもしれない」

「よくそんなひどいことが言えるわね。イサークがそんなことするわけないじゃない。お兄さまこそ、イサークを殺したら、私、赦さないから」

フリオに殺されるかもしれないというセシリータの考えは、あながち穿《うが》ち過ぎではなかった。

幼いときからフリオは、人目のないところでイサークをよく虐《いじ》めていた。

セシリータがイサークを庇い、父親にそのことを告げようとすることもあったが、イサークがそれはよくないとして止めていた。

「フリオさまは、俺が父親やあなたの愛情を奪っていると勘違いして、ああいう態度をとっているだけだ。父親から叱られると、ますますエスカレートする。だからどうか気にせず、あなたは普通に振る舞って」

イサークはそう言って、フリオからの虐待に耐えることにした。

それはフリオを思ってのことだった。彼があまりにもかわいそうだから。

「私はイサークのそういうところが好きよ。あなたは賢くて思いやりがあって、あなたといると、生命の力を感じる。あなたにしかないエネルギーがある。初めて会ったとき、助けてくれたでしょう。あのときからずっとあなたが好き。あなたは誰よりも美しく凜々しくかっこいいわ。誰よりも立派な男性になるはず」

イサークはセシリータこそ女神のようだと思った。

「いや、セシリータがいるから、俺はがんばれる。あなたのためならどんなことでもがんばれるんだ」

そう約束したものの、内戦が激化し、恋人たちや家族が離散する悲劇が日常的に起こるようになった。

「怖いわ。戦闘がこのままさらに激化して、離ればなれになるようなことがあったらどうしよう。イサーク、お願い、ずっと私のそばにいて」

セシリータはふだんはとても気丈な女性だが、イサークの前でだけ、時折、弱い一面を見せることがあった。

彼女の強さも好きだったが、彼女の誇り高さと精神力のむこうで見え隠れする、そうした無防備な弱さにもイサークは愛しさを感じていた。

彼女が不安を口にした翌日、イサークは誓いを立てるように、彼女の眸と同じ色のネックレスをプレゼントした。

「もしふたりが離れるようなことがあっても、これを俺だと思って持っていてくれ」

「離れるって……どうして」

「牧童仲間の多くが戦争に駆りだされている。俺は侯爵さまのおかげで、今は戦争に行かずにすんでいるが」

「いやよ、戦争であなたを喪うことになったら」

「そうならないよう、俺も必死でがんばるよ。なにがあっても生き延びてみせる。だから離れたとしても、勇気を出して生きて欲しいんだ」

セシリータはイサークの言葉に感極まったように何度も頷く。そしてネックレスをにぎりしめてほほえんだ。

「ええ、ありがとう。このネックレスをあなただと思って勇気出して前に進むわ。だからあなたも好きなように輝いて。一生懸命上を目指してがんばっていって」

「あなたの強さは俺のあこがれだ。あなたの弱さも好きだ。でもどんなに辛いことがあっても、結局、あなたはグラナダに咲くひまわりのようにいつも前をむいていつも天をむいて生き生きと輝く。あなたのそのしなやかさ、凜と天にむかって咲き誇る花のような美しさに惹かれる」

「なら、早く立派になって、私と結婚して。そして昔、約束したように『アルハンブラの思い出』を私に聞かせて」


幼いふたりの切ない身分違いの恋。けれど侯爵が味方だった。

「イサークは闘牛士になるには理想的な男だ。だがそれだけではもったない、ゆくゆくはセシリータと結婚して、せめて牧場だけでも彼に継がせられるよう、経済学を学ばせ、それから貴族的なダンスや修辞学もさらに学ばせよう」

侯爵はイサークに期待し、戦争中ではあったが、できるかぎりの教育を受けさせようとしてくれた。

だが幸せは長くは続かなかった。

内戦はさらに悪化し、国はふたつの軍にわかれ、各地で激しい戦闘がくりかえされるようになっていったのだ。

とくにグラナダの街では、毎日、逮捕者や死者が出るような悲惨な爆撃や銃撃戦があり、セシリータの父親は銃撃に巻きこまれて死亡した。

そしてフリオが家督を継ぐことになった。

だが、フリオはすぐに侯爵家を没落させてしまった。

侯爵は、こうした事態が起こることに備えてイサークに知識と実力をつけさせようとしていたのだが、決してフリオはイサークを認めようとしない。

「おまえは、使用人らしく、みんなの食べ物を集めてこい」

フリオにそう命令され、イサークは各地をまわって、食料を集めるのに奔走することになった。戦闘で牧場は荒れ、畑は使えなくなり、侯爵家では使用人たちの食べ物にも事欠くようになっていた。

市街地から少し離れた場所にあった侯爵家は、大きな戦闘に巻きこまれることはなかったが、それでも、次第に食べ物がなくなり、このままでは使用人たちが餓えてしまうと思ったセシリータは、イサークに相談を持ちかけ、ふたりで必死になって戦争が及ばない地方への疎開の準備をしていた。

「私も手伝うわ。まず使用人たちを遠縁の領地に疎開させるというのはどうかしら。プリエゴ・デ・コルドバにいる伯母のところもあるし、ロンダにいる父の弟のところも。彼は親族の養子になっているのだけど、頼めばきっと受け入れてくれると思うわ」

セシリータとともにイサークは馬に乗って、各地の親族のところに食べ物を求めながら、少しでも使用人を疎開させてくれないか頼みに行った。

さすがにそんな毎日に、セシリータは疲れをみせるようになり、イサークは、母と妹のことを思いだし、彼女に休むように進言してみた。

「セシリータ、毎日毎日、遠出をするのは辛いだろう。使用人の疎開は使用人の俺に任せてくれ」

「でも……イサークと離れていると不安だわ。だって疎開に行く途中、あちこちで爆撃があるでしょう、あなたになにかあったら……」

「だからよけいにあなたを連れていきたくないんだ。俺は大丈夫だ。昔、占い師のおばあさんが言っただろう、俺は天をつかむ男だと。だから平気だ。心細いときはそのネックレスを俺だと思って」

「わかったわ。あなたがみんなを守ろうとしているのだから、私も泣き言は口にしない。グラナダで残った使用人たちの面倒は私がしっかりとみていくから。あなたは心置きなく、使用人や領民たちを守って。ここは私が守る。それでももし……なにかあったら」

「なにかあったら？」

「積み荷のすきまに忍びこんで、みんなで列車で逃げるわ」

冗談めかして言うセシリータの生き生きとした笑顔が大好きだった。

大丈夫、少し離れていても大丈夫だ。

そう思い、イサークは使用人や領民たちを各地に疎開させることに奔走していた。

まさかその間にセシリータが心変わりし、フリオの親友で、当時、政府軍の大尉をつとめていたバレラという男と、いきなり婚約するとは夢にも思わず。


あれはちょうどイサークが使用人たちを地方の疎開先に案内したあと、彼らの残りの荷物を運ぼうと、屋敷にもどったときだった。深夜、フリオとセシリータが婚約について話をしているのを、物陰で偶然にも立ち聞きしてしまったのだ。

「では、明日の新聞でおまえとバレラ大尉との婚約を発表するぞ。いいな」

「ええ、お兄さま」

「バレラ大尉のどこが気に入ったんだ」

「……とても優しくて、綺麗な人だからよ。それに彼といると飢えなくて済むわ。軍人として私を守ってくれる」

「いいんだな、もうイサークのことはどうでも。あいつと結婚するつもりじゃなかったのか？」

「お兄さまも言ったじゃない。イサークは使用人だって。彼と一緒に食べ物をさがしに歩くようになって、私、すごく惨めな気持ちになったの。もうあんなの耐えられない。それよりも昨日と今日の昼間、バレラ大尉に連れていってもらったパーティは最高だったわ。美しいドレス、おいしい食事、豊かな教養にあふれた人々……」

昨日と今日の昼間といえば、イサークは馬車を借りて、あぜ道を泥だらけになりながらひとりで使用人たちを疎開先に案内していたときだ。

「もうまっぴらなの。イサークといても貧しい暮らしをするだけでしょう。私、今日、大尉にプロポーズされて気づいたの。私はバレラ大尉のように美しくて自分に見合った人を愛したい。今までの私は間違っていたってことに。だから、結婚を承諾したの。三年後、私が二十歳になったときに、あなたの妻になりますって」

あまりのことに驚き、イサークは持っていたものを手から落としてしまった。その音に気づき、物陰にいたイサークを見つけたセシリータは、顔面蒼白になった。

「イサーク……いつからそこにいたの」

「セシリータ、どうして、どうして他の男と結婚するんだ。俺が闘牛士になって結婚するという約束は？」

イサークは思わずセシリータを問い詰めた。

「セシリータ、こいつにわからせてやれ。身分が違うことをはっきりと」

フリオが後ろから声をかけると、セシリータは冷ややかに嗤って答えた。

「私があなたと結婚するわけないじゃない。こんなにも身分が違うのに。闘牛士は、スペインの英雄だから、誰だって、一度はお嫁さんになりたいと思うわ。ただそれだけ。大人になれば、夢も覚めるわ」

「なにか理由があるのか。きみがそんなことを言うとは思えない」

するとセシリータはおかしそうに笑った。

「イサーク、あなた、本当に変わらないのね、子供のころから。でも大人にならないと。大事なのは夢じゃなくて現実だと気づいたのよ」

「ウソだ」

「ウソじゃないわ。ただ気が変わっただけ」

「どうして」

「戦争のせいよ。もう耐えられないのよ、戦争にも餓えにも飽きたの。お父さまも銃撃戦の犠牲になって……もう耐えられないわ。大尉と婚約したおかげで、我が家は軍隊が護ってくれることになったのよ。もう地方に疎開しなくても大丈夫。食べ物にも困らないし、見て、こんな綺麗な宝石をくれたのよ」

セシリータは得意げにイサークに大きなダイヤモンドの指輪とネックレスを見せた。

その首からは、イサークが以前に贈ったネックレスは消えていた。よく似たデザインの、しかしまったく宝石としての価値が違う美しいネックレスだった。

「あのネックレスは安っぽくていやだったの。でもデザインは気に入っていると言ったら、バレラ大尉が同じデザインのものを贈ってくれたのよ」

彼女のあまりの豹変ぶりに驚愕し、目の前が真っ暗になり、イサークは生きる希望が目の前から消えていくのを感じた。

呆然として部屋にもどったイサークのところに、フリオが訪ねてきた。

「イサーク……かわいそうにな。だが、おまえにだって挽回のチャンスがある。どうだ、バレラ大尉の兵士になってくれないか。これまで侯爵家に忠実に仕えてくれたということで、バレラ大尉がおまえを自分の部隊に入れたいと言ってくれているんだ。侯爵家としても忠実な使用人を彼のところに送りこみたい。健康でたくましい男、凜々しい兵士になれるのはおまえしかいない。行ってくれ」

イサークはフリオに頼まれ、侯爵家の使用人代表として、バレラ大尉の部隊の一員となり、兵士として戦場に赴《おもむ》くことになった。

だが、それは罠だったというのがあとでわかった。

バレラ大尉の部隊に入るなり、イサークは外国のスパイだという疑いがかけられ、投獄されてしまったのだ。

自宅にその証拠の無線機があったということと、イサークが外国と交信しているのをセシリータが目撃していたとフリオが話していたことが有罪の証拠となった。

牢獄に入れられ、拷問《ごうもん》される日々が始まった。

部屋の中央に立たされ、鎖でつながれた両手を広げた状態で身動きが取れないまま、背中を激しくムチで打たれ、スパイ行為を白状しろと詰問され続ける。

「俺はそんなことはしていない。セシリータがそんなことを証言したなんてウソだ」

牢獄で必死に訴えるイサークに、セシリータの婚約者となったバレラ大尉がおもしろそうに言った。バレラ大尉は長身で黒髪の綺麗な優男だった。

「ああ、頼まれたんだよ。フリオとセシリータに。スパイ容疑をかけてイサークを投獄して欲しいと。おまえ、セシリータを犯して、フリオを殺して、侯爵家をのっとる計画をしていたんだろ。セシリータがおまえの情念が怖いと震えていたよ」

「何だって――――」

そんな。セシリータはそんなことを言うような女性ではない。

そう信じようとしたが、ダイヤモンドの指輪を見せ、高らかに笑っていたときの彼女の冷たい言葉が忘れられず、イサークは胸の底で彼女への愛しさが憎しみに変わるのを感じた。

「セシリータはそんな女じゃなかったのに。おまえやフリオが彼女を変えたんだ、彼女は誰よりも気高い女性だったのに！」

憤りのあまり、バレラ大尉につかみかかろうとした。だが両手を鎖でつながれていたため、まったく身動きがとれない。

「反抗するのか。だったらこの場で銃殺だ。いや、銃殺などもったいない。フリオから頼まれているんだ、おまえを苦しめて殺せと」

バレラ大尉はサーベルを引き抜き、イサークの背に振り下ろしてきた。

「う……っ」

火傷のような痛み。背中の肉を十字架のような形に抉られていく。

「ジプシーの孤児の分際で、侯爵家をのっとろうだなんて、たいした男だよ、おまえは。セシリータも反省していたよ。どうしてあんな薄汚い男を好きになったのかと。おまえ、何度もセシリータをレイプしようとしたんだって？　その性器で」

イサークの背に傷をつけたあと、今度はいきなりひざで股間を蹴りあげてきた。

「うぐっ！」

「いっそ、こいつを切り取ってやろうか。そうだ、奥にいる罪人全員の前でおまえのそこを切り取るショーを見せてやろう。そのまま一晩放置すれば、おまえは徐々に死ぬ。私に反抗すると、こういう目にあうと。いい見せしめになるだろう」

イサークをつないでいた鎖をはずすと、バレラ大尉は銃を突きつけたまま、前に歩けと命じた。

奥にある牢獄まで行くと、十数人の男性が同じ小屋に閉じこめられていた。

「ここにいるのは、みんな、政治犯ばかりだ。さあ、入れ」

背中から流れ落ちる血。意識が遠ざかりそうになるのを感じながらも、それでもこのまだと殺されるという思いから、イサークは小屋に入るや否や、とっさに大尉につかみかかっていた。

「離せっ、この野郎、何だ、これだけ大けがをして血を流しておきながら、まだ反抗する気力があるのか！」

「残念ながら、俺はまだ地獄に堕ちる気はない」

抵抗してもがく大尉をその場に押し倒して、自分にかかっていた手錠を彼にかけようと揉みあっているそのときだった。

「うっ……っ！」

次の瞬間、大きく銃声が鳴り響いた。そして自分の手に激しい衝撃を感じた。

「……っ」

目の前で胸を撃ち抜かれている大尉。そしてイサークの手には硝煙をあげた銃。

いつのまにかイサークの手に銃が移動し、揉みあった反動で引き金をひいてしまっていたのだ。

牢獄内は騒然となった。

「おいっ、おまえ、よくやった。その男の腰についている鍵を貸してくれ。俺たちはみんな無罪で捕まった政治犯なんだ。みんなで脱獄しよう」

「アルゼンチン行きの船に乗ってやり直す計画があるんだ」

「さあ、行くぞ。あんた、このままだとここで処刑されるぞ。あんたも一緒にアルゼンチンにこい。ブエノスアイレスで俺たちの国をつくるんだ」

「でも俺は……」

「このままだとどうせ明日には銃殺だぞ」

確かに上官を殺害した以上、銃殺は免れない。

スペインの軍法によると、こういう場合、『目隠しされ、銃殺隊の方をむいて射殺されるべき』という決まりになっている。

そんな人生、まっぴらだ。

なによりセシリータにも会いたい。

会って復讐がしたい。自分との約束を破り、こんなバレラ大尉のような男を愛して結婚しようとした愚かな女。

あの女に復讐するまでは、泥を食ってでも、地獄を這いまわってでも生き延びてやる。

(そうだ、これは正当な復讐だ。あの女への)

イサークは冷ややかな眼差しで、目の前で絶命しているバレラ大尉を見下ろした。

「わかった、俺もアルゼンチンに行く」

イサークは背中の傷の痛みを感じながら、バレラ大尉の上着をはぎとって、十数人の罪人たちとともに脱獄を果たした。

軍が追うなか、命からがら逃げ延び、アルゼンチン行きの船に乗りこんだのは、それから半月後のことだった。

そのとき、ちょうど乗りこんできた乗客から、侯爵令嬢のセシリータが婚約者の死を嘆くあまり、自殺未遂をくりかえしたあげく、冥福を祈るため、修道院に入ったという噂話を耳にした。

それと同時に、世間では、イサークが大尉殺しの罪で処刑されたという間違ったニュースが流れていることも。

おそらく軍が偽の情報を流したのだろう。

名誉あるバレラ大尉を殺害した死刑囚を脱獄させてしまったとわかれば、世間がだまっていない。軍の沽券《こけん》にも関わる。

だからイサークを上官殺しの罪で処刑した——と。

(ちょうどいい、死者となったのなら、誰も俺を追わないだろう。フリオもセシリータも俺は死んだものだと思ってほっとしているはずだ)

そうだ、それなら地獄から甦った幽霊、悪霊として彼らの前に現れてやる。

恐ろしい悪霊となって。
イサークはゆっくりとスペインの大地から離れていく船上で、目の覚めるような故郷の蒼穹を見あげながら、心にそう誓った。

そしてその言葉通り、イサークはセシリータのもとに現れたのだった。

五　船上のタンゴ

イサーク、生きていてくれて……どれほど嬉しかったか。

セシリータが結婚式場から攫われて船に乗せられ、この最上階にある貴賓用の特別室に閉じこめられてどのくらい経ったのかわからない。

ここにきて一週間か、十日か。

窓の外は、来る日も来る日も蒼い空ばかり。

一度、どこかの島に寄港したようだが、部屋から出ることができず、下りることはかなわなかった。今ごろ、大西洋のど真ん中を航行しているのだろう。

あのあと侯爵家がどうなったか、使用人たちは無事なのか、そのことばかりが気になってしまう。

グラナダでは、リオネルの花嫁がいなくなったことで大騒ぎになっているだろう。

けれどここに閉じこめられているセシリータの耳には、グラナダがどうなっているのかまったく聞こえてこない。

（イサークのことだから、あのまま放置しているとは考えられないけれど）

ぐったりとベッドに横になりながら、セシリータは手のひらのなかにぎりしめたネックレスにそっとキスした。

（イサーク……わかっていないでしょうね。表向きは別のものをつけていたけれど、私がずっとこれを隠しもっていたことを）

三年前、戦争で大変だったときにイサークがプレゼントしてくれた大切なもの。

『それはイサークからもらったものだろう？　そんなものをつけてないで、もっと侯爵令嬢らしい宝石を身につけろ』

イサークを嫌っている兄にそう言われたとき、これをとりあげられたくなくて、とっさにデザインが好きだと言ってごまかしたのだ。

その後、似たようなものをバレラ大尉から贈られたのだが、兄がそのことを伝えたのだろう、リオネルからも結婚式のためにと似たようなデザインのものを贈られた。

（今、思うと、お兄さまは……本当は私がイサークのことをずっと愛しているのではと疑っていた気がする。だから、デザインが好きだと言った私を試すかのように、バレラ大尉にもリオネルにも同じような形のものを用意させた……）

そのたび、ごまかすように振る舞ってきていたが、きっと兄にはわかっていたのだろう。妹の想いが誰にむけられているのか。

兄にとってイサークは肉親の愛情を奪った存在であり、どうしても敵わないと自尊心を傷つけられ、劣等感を抱き続けた憎むべき相手だった。

（お兄さまのことは決して好きになれないけれど……今なら、まだ彼の苦しみや葛藤も理解できるわ。あのころは幼くて、ただただイサークに嫉妬して虐めてばかりいるイヤな兄だと思っていたけれど）

あれほど優秀で、あれほどすばらしい男が使用人として、いきなり目の前に現れたときの驚きと恐怖ははかりしれない。

あまり体力がなく、知性や人間性の面でも兄がいまひとつ期待できないことがわかっていたからこそ、父は、将来彼のいい支えになって侯爵家を護って欲しいという気持ちから、イサークに知識や実力をつけさせたのだが、結果的に、それが兄の劣等感や憎しみをいっそう煽ることになってしまった。

父は亡くなる少し前に、そのことへの不安を口にしていた。

『私にもしものことがあったとき、フリオがイサークになにかしないか心配だよ。あの子があんなにイサークを憎むとは……。私はあの子のためにも侯爵家のためにも、優秀な人物が近くにいればいいと思って、どれほど身分違いでもおまえとの恋を認め、イサークに力をつけさせてきたが』

　そのとき、父の真意を初めて知った。イサークとの身分違いの恋を父が認めてくれていたのは、セシリータの切なる願いのためだけではなく、侯爵家や兄の能力を考えてのことだった。

『今のままではフリオに侯爵家は任せられない。あるいはロンダに養子にいった私の弟に家督を譲ることも考えたが、おまえとイサークを早々に結婚させる。おまえは女侯爵として家督を譲りうけなさい。法律上、イサークに家督を譲ることはできないが、おまえの夫としてこの家の財産管理をすべて任せる』

『でもお兄さまがどう思うか』

『あいつは……アメリカにいる遠縁のところにやろうと思う。このままだと侯爵家を滅ぼしてしまいかねないからな』

『そんなことをしたら、お兄さまはもっとイサークを憎んでしまうわ。どんな手を使って彼を倒そうとするか』

『そうだな……もしかすると、恐ろしい真似をするかもしれない。だがイサークは負けないだろう。なにがあってもあいつは負けない。どんなにたたきのめされても、地獄に堕ちても甦るような男だ』

　結局、父とセシリータの不安がそのまま形になり、戦争の混乱のさなかにフリオはイサークにひどい仕打ちをし続けた。

(でも……さすがね、お父さま……あなたの見こんだとおりだわ。イサークは甦ってきた、地獄の底から不死鳥のように)

ただそのために、セシリータへのどうしようもない憎しみを原動力にするとは父も想像しなかっただろう。

憎しみを孕んだイサークの言葉が耳から離れようとしない。

『さすがだな、おまえはそうでなければ。そう、それでこそ、かつて俺が誰よりも愛し、今、誰よりも憎んでいる女だ』

彼のなかの憎しみが誤解によるものだと知りながらも、自分に憎しみしかぶつけてこないイサークにセシリータは激しい絶望を感じていた。

(彼のなかに存在する負の感情が哀しい。でも彼が生きていただけでもよかったと思おう。そうよ、最初から憎まれることを覚悟して、バレラ大尉と婚約したのだから)

父が亡くなったあと、フリオは侯爵家から政府への忠誠の証として、イサークを政府軍に送る計画を立てていた。

ちょうどイサークが領民の疎開のために奔走し、しばらく家を留守にしていたときだったと思う。バレラ大尉と兄がそんな話をしているのをパティオで立ち聞きしたとき、セシリータは激しい目眩を感じた。

『このままだと、セシリータがいつあいつと結婚するかわからない。そんなことになったら侯爵家の恥だ。そうなる前に、イサークを始末して欲しい。親友のおまえにしか頼めないんだ。戦争中なら、誰も疑いの目をむけないだろう』

『ああ、わかった。その代わり、そのときは俺に彼女を……』

『そんなに妹のことが好きか？』

『あんな美女はめったにいないじゃないか。おそらくスペイン貴族の娘のなかで一番の美貌だ。この家に遊びにくるたび、彼女を俺の妻にしたいとずっと思っていた』

『もう生娘じゃないかもしれないぞ。イサークの野郎が手をつけているかも。それでもいいのか』

『その可能性はあるな。あの乱暴そうな男のことだ、とっくに彼女を抱いているだろう。だがそのほうがいい。あいつを殺すのに何のためらいも必要ないじゃないか。愛する相手の名誉のためだという大義名分もできる』

『できるだけ早いほうがいいだろう。イサークは勘の鋭い男だ。このことに気づくと、セシリータを連れて駆け落ちしないとも限らん。やつの母親も、身分違いの恋愛をして、男と駆け落ちしたそうだ。いつセシリータを連れて逃げるか』

『それならもっと簡単じゃないか。セシリータを誘拐した男として、その場で射殺してやればいい』

『確かに、ふたりが駆け落ちしたときはそうするつもりだ。だが、せっかくだ。イサークにはこの家のために役に立ってもらうよ。政府軍への忠誠の証として彼を戦争にやる代わりに、軍隊にこの家を護ってもらい、食料や物資も分けてもらう』

『それはいい考えだ。利用したあと、スパイ容疑をでっちあげて反逆の罪でも着せて逮捕してしまえば、あとは放っておいても処刑できる』

パティオの物陰でその話を耳にしたとき、セシリータは悪魔になる決意をした。

(なにがあってもこの男たちからイサークを守ってみせる。絶対にイサークを殺させやしないわ)

イサークに相談しても、彼を苦しめるだけ。それでなくても、彼は餓えた領民や使用人たち、それから侯爵家の財産を護ることで必死なのに。

だからその日の午後、バレラ大尉から軍隊のダンスパーティにエスコートしたいという申し出があったとき、笑顔で承諾したのだ。

彼に心が動いているように振る舞おう。兄もバレラ大尉もだまそう。もし結果的にイサークの愛を失うことになったとしても、彼の命があるだけで幸せだから。

(イサークは私の命よ。イサークは私のすべて。だから私が生きているかぎり、彼に手出しはさせない。なにがあっても私が守ってみせる)

その日から、セシリータは兄の前で、大げさなほどバレラ大尉に心が揺れている振りをした。

『バレラ大尉は本当に素敵ね。ダンスがとても上手なの。美しくて教養があって、その上、軍人だなんて。この国の未来には彼のような人が必要だわ。お兄さま、ずいぶん素敵なお友だちをお持ちなのね』

そんなことを口にするのはイヤだったが、それでも彼らを安心させようとセシリータは必死になっていた。

『それなら、イサークを捨てて、あいつと婚約するか？』

『彼がプロポーズしてくれたらね。ただし二十歳になってからだわ。まだもう少し独身でいたいの。でもどうかしら、私は大尉にふさわしいかしら』

セシリータが兄にそう告げた翌日、バレラ大尉がプロポーズしてきた。

『今すぐとは言わない。あなたが二十歳になったときに結婚して欲しい』

そう言われたとき、セシリータは歓びを伝え、同時に彼に頼みごとをした。

『嬉しいわ。ありがとう、私、あなたのいい奥さんになるよう努力するわ。でもひとつだけ心配があるの。婚約者としてあなたに相談していいかしら』

『心配？　ああ、何でも言ってくれ』

『家のことが心配で眠れないのよ。使用人全員をあなたの力で護って欲しいの。ひとりも戦争に行かせたくないし、犠牲にしたくない。それから闘牛牧場を立て直して、闘牛士志願者たちを闘牛場でデビューさせたいのよ。闘牛は父の夢なの。今のように荒れた状態にして、私だけあなたと幸せになる勇気はないわ。お願い、私の力になって』

使用人のなかにも闘牛士志願者のなかにも、イサークは含まれている。使用人の安全と、闘牛士志願者のデビューの保証。どちらの方向からでもイサークを守ることができるとセシリータは考えていた。

『それはいい考えだ。私が仕えている将軍は、闘牛の復興を願っている。スペインの国技として栄えさせたいと。わかった、力になろう』

バレラ大尉がそう答えた瞬間、セシリータは眸から大粒の涙を流して号泣した。

『ありがとう、これで安心してあなたに嫁げるわ』

そう言いながらも、心のなかでは別のことを考えていた。

これでイサークが戦争に行かなくて済む。そして彼を闘牛士にすることができる。セシリータがバレラ大尉と婚約している三年の間に、彼がスペインの英雄として称えられるようになれば、もうフリオの憎しみを怖れる必要はない。

彼は英雄として、スペインの国民から愛され、護られていくだろう。

たとえその結果、彼の愛を失うことになったとしても。

(でも私は彼の命を守りたい。そして彼の夢を叶えたい。スペインの英雄になりたいという彼の夢……幼いときからずっと彼が持ち続けていた想いを)

しかし結果的にセシリータのその計画は失敗に終わった。

兄のフリオの憎しみがセシリータに勝ってしまったというべきなのか。

イサークがセシリータの気持ちを誤解してしまったとき、フリオがすかさず彼をそそのかして戦争に行かせてしまったのだ。

そしてスパイ容疑で彼を告発して……。

そのあと、軍隊でなにがあったかはセシリータにはよくわからない。

ただある日、いきなり伝えられたのは、バレラ大尉とイサークの戦死――。

あまりにショックで、最初はなにも考えられなかった。

イサークはもちろん、バレラ大尉まで戦死してしまうとは。愛してはいなかったが、さすがに知っている人間の戦死には胸が痛んだ。

けれどなによりセシリータをどん底に堕としたのは、あれほど守りたかったイサークの死の知らせだった。本当にイサークが戦死したのか確かめたくて、軍隊になにがあったか問い合わせたのだが、答えてくれる人は誰もいない。

そんなある日、彼が実は牢獄でバレラ大尉を殺して、上官殺しの罪で処刑されたという報告をうけた。

（あり得ない、イサークが人を殺すなんて）

せめてジプシーの老婆に彼が本当に人を殺して処刑されたのかどうか占いで確かめても

らおうと思って、昔、彼と暮らしていたサクロモンテを訪ねた。

『イサークは地獄を見て、また這いあがると言っていたじゃない。なら、彼はまだ生きているんじゃないの？　死んだなんてウソよね。ましてや人を殺して処刑されたなんて』

『セシリータ、悪いね。あんたは仲間じゃないから占えないんだよ』

『私は仲間だわ。イサークは、私のすべてなの。私の魂、私はイサークの妻になる予定だったの。だから私はあなたたちの仲間よ』

『別の男と婚約したんだろう』

『イサークを守るためよ』

『イサークが殺した男だね』

『イサークは本当に彼を殺したの？』

『ああ、そのことだけなら教えてやれる。答えは、Si《シ》、イサークは確かにおまえさんの婚約者を殺害した』

　老婆は死神のカードを一枚とりだした。

『そう……そうだったの』

　それならば彼が処刑されたというのも真実だろう。軍隊では上官にはむかっただけでも銃殺される。ましてや殺害したとなれば。

『セシリータ、おまえさんがどれほどイサークを愛しているかはわかってる。イサークがどれほどおまえさんを愛していたかも。おまえさんを想って、地獄から死神となって甦ってくるかもしれない。おまえさんを地獄に連れていくために』

『彼の魂は、地獄をさまよっているの？』

問いかけたセシリータのほおに手を伸ばし、老婆は祈るように言った。

『ああ、そうだよ、とてつもない地獄をさまよっている。だからおまえさんが救ってやるんだ。おまえさんが心をしっかり持って、彼の魂を救いたいと強く願うんだ。そうすれば彼の魂が救われるときがくるはずだから』

私が救う。彼の魂を救う。

彼が人を殺して処刑されていたとしても、あの世で再会したとき、自分が彼の魂を救うことができるのなら——と思い、セシリータは修道院に入ったのだ。

表向きは、婚約者だったバレラ大尉の冥福を祈るという形で。

それから二年後に戦争は終わり、闘牛好きの将軍が政権をにぎるようになったおかげで、父の牧場も復活し、他の闘牛士志願者たちも無事にデビューした。

まだあれから三年しか経っていない。

それなのにもうずっと遠い昔のような気がするのはどうしてだろう。

(イサークがすっかり変わってしまったからだわ)

毎夜のように、暗い船室で彼に抱かれ、憎しみをぶつけられるのはとても辛い。

彼は自分がアルゼンチンの裏社会でどんなふうにのしあがっていったのか、セシリータにはなにも語ろうとしない。

彼がどれほど手を汚してきたのか。それすらもわからない。

けれど地獄をさまよっていたのはわかる。でなければ、あれほどの歪んだ感情をぶつけてくることはないだろう。イサークのことは今も愛している。彼が生きていたことは嬉しい。大好きで大好きでどうしようもなかったのだから。

けれど闇の社会で生きてきた彼は、もう昔とは違う。セシリータがかつて愛した優しい幼なじみではない。

復讐のため、憎しみを糧に生き、マフィアとなってしまった。

もう光のなかにもどろうという気はないのだろうか。あんなに必死にがんばって、社会で成功できるだけの知識と実力をつけていったのに。

(今の彼はただの復讐だけにとり憑《つ》かれた悪魔だわ)

そう思うと、素直にイサークに身を任せることはできず、必死に抵抗しようとするのだが、彼から与えられる快楽に逆らうことはできなくなっている。

しかしこのまま憎しみをぶつけられるだけの存在で終わりたくない。このまま愛人として終わる気はない。そうすることで彼に復讐の虚しさに気づいて欲しい。

（そうよ、スペインにもどって、やり直すのよ。たとえまわりからどんな目で見られてもかまわないわ。私は、あの家を護らないと）

チャンスはブエノスアイレスに上陸する日以外にないだろう。それまではおとなしく振る舞って、上陸した日にスペイン大使館に逃げこむ。それがいい。

あとは見知らぬ街でどうやって大使館まで逃げるのか。ブエノスアイレスのことをもっとよく知らないといけない。

船の揺れを感じながらベッドに横たわってそんなことを考えていると、めずらしくイサークが数人の女性のメイドを連れてきた。

「今日は、おまえを夜会に連れていく。準備をしろ」

彼が用意したのはブルーのシフォンとシルクでできた艶やかなドレスだった。

「こんな美しいご婚約者がいらしたのですか」

「今夜のパーティの主役は、絶対にこのお嬢さまですね」

メイドたちがセシリータをとりかこみ、着替えの準備を始める。イサークは別室に行き、セシリータの準備を待つらしい。

「あの……今夜、パーティがあるの？」

セシリータは鏡の前で自分にコルセットをつけるメイドのひとりに問いかけた。

「はい。今日は七月九日です。アルゼンチンがスペインの植民地から独立するために立ちあがった記念すべき祝日。今夜は船をあげてのフィエスタですよ」

「そうなの」

ブエノスアイレスという街だけでなく、セシリータは、アルゼンチンという国のこともよくわかっていない。だいたいの国の位置、それから公用語が自分の母国語と同じスペイン語だということくらいしか。

「アルゼンチンはどんな国なの？　この船は首都のブエノスアイレスにむかうのよね？」

「素敵な国ですよ。何と言ってもお肉がとってもおいしいんです」

若いメイドが笑顔で言った。

「まあ、すみません、この娘ったら。お嬢さまはそんなことを訊いていらっしゃるんじゃないのに」

「あら、大丈夫よ。食べ物の話は大好きだから。今度ゆっくり聞かせてね。それで……アルゼンチンにはどんな人が暮らしているの？」

久しぶりに、メイドたちとする会話に、故郷でトニアと過ごしていたときのことを思いだし、気持ちが明るくなった。

「スペインからの亡命者がたくさん移住しています。まだ開拓中なので荒々しいところもたくさんありますが、ブエノスアイレスはものすごい都会なので驚かれると思いますよ。

毎夜、船が到着するボカの波止場にタンゴが流れて……」

「タンゴ……ドイツで流行して、今、ヨーロッパでブームになっているダンスよね。スペインは内戦のせいで、タンゴが流行することはなかったけど……そういえば、イサークがタンゴの国に行くと言っていたけど、アルゼンチンもタンゴの国なのね」

「ええ、もちろんです。アルゼンチンはタンゴ発祥の国ですから」

「お嬢さまなら、きっとタンゴを上手に踊られますよ。雰囲気がぴったりですもの」

「ありがとう。それで……ボカという波止場のことを教えてくれる？　そこは海に面しているの？」

「いいえ、海から大きな川を遡っていった場所にある波止場です」

「あ、じゃあ、スペインのセビーリャと同じね。アメリカ大陸を発見したコロンブスが出航したのは、海に面した港ではなく、セビーリャの市内を流れる川のなかにある船着き場だったはずだから」

「はい、ボカもそんなところです」

「市街地なの？」

「いいえ、ボカは、市街地から少し外れたところにあります。そこから川を背に進んでいくとイタリア人やスペイン人が移住した地区があり、そのむこうに列車の駅があります。駅の近くに七月九日通りという通りがあって、そのあたりが一番の繁華街ですね。そのあたりにはドイツ人やフランス人も多く住んでいます」

「そう、川を背にして進めばいいのね。早く行ってみたいわ」

頭のなかで、だいたいの地理を把握《はあく》しておこう。そのあとイサークにアルゼンチンのことが知りたいからと本を借りて、スペイン大使館の場所と行き方を自分のなかでしっかり考えておく。

そんな話をしているうちにセシリータの準備が整った。髪を垂らしたまま、さらりとしたロイヤルブルーのドレスに身を包んだセシリータの姿を、イサークは一瞬、じっと凝視したあと、ポケットから天鵞絨《ビロード》地の宝石ケースをとりだし、セシリータの前でひらいた。

「最高級の真珠だ。おまえの肌にあうだろう。つけてやってくれ」

艶やかで形のいい真珠の玉が連なったネックレスと揃いのイヤリングだった。セシリータにそれをつけさせるようメイドたちに指示する。

セシリータの髪をかきあげ、メイドたちが耳元や首につけようとする姿を、イサークが見つめる。昔は彼が自らつけてくれたのに。と思いながらちらりと視線をむけると、イサークはセシリータに手を差しだした。

「行くぞ」

久しぶりの、公の場だった。イサークと使用人以外に会うのはあの結婚式以来である。

私、どこか変わっていないかしら。

少し不安になりながら貴賓用の客室から螺旋《らせん》状の階段を下りていく。

下に行くと、大きなサロンのような広間があり、着飾った男女がぞくぞくと奥にあるレストランに入っていこうとしていた。

窓の外を見れば、一番下の甲板では、七月九日の独立記念日を祝って、二等や三等客室の乗客たちが楽しそうにパーティをひらいている。

あればタンゴだろうか。男女が絡みあうように踊っている。

「セシリータ、おまえはこっちだ」

イサークに連れられ、サロンの奥にあるレストランに入っていく。

「イサークさま、どうぞこちらへ」

支配人のようなタキシード姿の男性がうやうやしくイサークに挨拶《あいさつ》する。

「こちらの美しいお嬢さまが噂のご婚約者ですか？」

「ああ」

楕円形の金細工のテーブルにつくと、黒いスーツ姿の男が現れ、イサークに挨拶をする。

その後、他の着飾った乗客たちが次々と現れた。

「ここにいる乗客は誰も俺をマフィアだとは思っていない。表向き、俺は南米の富豪ということになっている」

「実際に富豪じゃない。アルゼンチンで富と権力を手に入れたのでしょう？」

「そうだ」

給仕が食事の用意をしている間、挨拶に現れた他の貴族的な乗客たちに、イサークはセシリータを紹介した。

「私の婚約者のセシリータ嬢です。由緒正しい貴族の令嬢で、ブエノスアイレスの屋敷に連れていくため、むかえにいってきました」

イサークはそんなふうにセシリータを紹介した。

「まあ、何てお美しくて上品な」

「うらやましいですわ。イサーク様に南米からおむかえにきてもらえるなんて」

「でもそれもわかりますよ。これほど美しい女性でしたら」

そうして食事の時間が始まった。テーブルマナーは英国式だが、料理はフランス式。一等客室の公用語は英語かフランス語ではあったが、二等や三等客室にはイタリアやスペインからの移民が多いので、両国の言葉が飛び交っているらしい。

イサークは、いつの間にマスターしたのか、英語もフランス語も完璧に使いこなしていた。しかも美しい発音で。

食事が終わると、楽団の演奏のなか、ダンスを始める者が出てきた。

甘くドラマチックな音楽……タンゴだった。華やかに着飾った女性と身体を密着させ、タキシード姿の男性が音楽にあわせてダンスのステップを踏んでいく。

「今夜は、アルゼンチンの独立祝いです。船のなかは、一晩中、アルゼンチンタンゴが流れていますよ」

給仕が食後のデザートワインをグラスにそそぎながら言う。

「素敵な踊りね」

セシリータはデザートワインを口にしながらフロアの中央で踊る男女に視線をむけた。

刺激的で激しく情熱的な音楽に乗せて、少しばかりはすっぱな、ふしだらなくらい身体を絡みあわせて踊る流行のダンス。

「……タンゴは踊れるか？」

ワイングラスを手にしながらイサークが問いかけてくる。

「まさか。見るのも聴くのも生まれて初めてよ」

音楽を聴いていると、気持ちが高揚してくる。力強い二拍子のリズムのせいだろうか。その踊りにも心惹かれた。互いの鼓動が皮膚越しに伝わりそうなほど胸を密着させ、腰を絡めあわせながら、見つめあって音楽に合わせて踊る——まるで自分たちの愛と情交を他人に見せつけようとするような踊りだった。

「俺とおまえのための踊りだと思わないか」

「どういうところが？」

「闘いの踊りだからだ。男は女の気を引こうと、ステップを踏みながら身体を絡める。女は男に屈服するまいと対等なほど激しいステップで応戦する。互いを挑発し、相手に負けまいと闘いあい、どちらかがどちらかを支配しようとするような踊りだ」

「それって、闘牛の牛と闘牛士のようね」

セシリータはデザートワインを飲み干し、口もとに笑みを浮かべた。

昔から、闘牛士は牛を運命の女《ファム・ファタール》に見立てて、闘牛に男女の愛の形をなぞらえることが多い。闘牛士が牛を挑発し、自分の持っている赤い布に呼びこめば、牛は闘牛士に負けまいと応酬《おうしゅう》していく。

挑発と官能……命がけの闘う愛。

確かに、今のふたりにはこれ以上にふさわしい踊りはないかもしれない。

「教えてくれるのよね？　私にこの踊りを」

「ご希望なら、今からでも」

セシリータはちらりとフロアで踊っている男女数組をいちべつしたあと、ワイングラスを置いて立ちあがった。

「では、私にタンゴを教えて。そこで踊っている人たちよりも誰よりもうまくなるように。この船がブエノスアイレスに着くまで」

タンゴの音楽が気持ちに勢いを与えてくれる気がした。

イサークに負けない。彼を油断させ、ブエノスアイレスに着いたらすぐに逃亡する計画。

自分の一世一代の闘いをイサークに仕掛ける。

その勇気のために、イサークとこの踊りを踊ってみたいと思った。

ベッドでは支配されている。船のなかでは彼に監禁同様に閉じこめられている。

そんな状況のなかにいると、彼の憎しみと歪みに負けてしまいそうな気がする。

けれど男と女が対等に闘うような踊りを踊っていれば、きっと勇気をもって逃亡できるはず。


その日から、アルゼンチンに行く準備として、貴賓室で、セシリータはイサークからアルゼンチンタンゴを教わることになった。

隣の部屋で、イサークが雇った楽団員がタンゴを生で演奏する。ドアのところに衝立を立て、踊っているふたりの様子が見えないようにして。

バンドネオン、チェロ、ピアノ……。

黒髪、黒い眸のラテン系の人種ばかりの楽団員に、ひとり——木組みと紙でできた蛇腹《じゃばら》のバンドネオンを演奏している金髪の細身の男だけ、異質な雰囲気がする。

何度か甲板でイサークと話をしているのを見かけたことがある男だった。

「あの金髪の彼は？」

衝立のすきまから楽団員をのぞきながらセシリータは尋ねた。

「俺の秘書のホセだ。バンドネオンが得意で、自分で楽器を作ることもできる」

「ホセ……あなたの秘書なのね」

「アルゼンチンタンゴは男同士の踊りだった。だが、今では男と女の踊りだ」

黒いスーツ姿のイサークに導かれ、踊りやすいようにと、スリットの入った深紅のドレスを身につける。

音楽が鳴る。ブエノスアイレス・ケリード。愛しのブエノスアイレス。それから夜のタンゴ——ノクトゥルノ。

「少しフラメンコに似ているのね」

互いの足と足を絡め、腰と腰を押しつけ合って踊っていく官能的な踊り。

「似て非なるものだ」

セシリータの腰を抱き、イサークが身体を密着させる。部屋のなかに流れるタンゴの音楽。もしそれがなければ、互いの鼓動が聞こえていたかもしれない。

いや、わかる、彼の鼓動が胸壁から伝わってくる。

自分の胸の奥からの振動も皮膚から伝わっているのだろうか。

見あげると、息が触れあいそうな距離。それだけで息が詰まりそうな気がした。

官能的で、けだるいバンドネオンの響き。

ふたりの胸と胸がぴったりと重なり、踊りだしたとたん、イサークの腕が背中を抱きこみ、彼の胸板との間で胸の膨らみが圧迫され、つぶされるような気がした。

「ん……っ」

たまらず息を詰めたそのとき、今度はくいっとイサークの脚が内腿の間に割りこんできて、脚の付け根を腿で持ちあげられるような感覚をおぼえた。

なに……この踊りは……。

こんなにも官能的な踊りだったとは。

「片脚をあげろ、そう右膝を腰の高さまで」

うながされるまま右脚を少しあげると、その間にイサークの脚がおもむろに入りこんでくる。スカートが割れ、腿まで捲れあがって、恥骨の下を彼の腿が摩擦していく。

「……な……」

何という刺激的な動きをくりかえすのだろう。

そのまま身体が浮いたようになり、大きく揺さぶられるようにして踊っていくのだが、少し動くたびに胸も下肢も刺激されてしまう。

ターンをするたび、彼の胸の圧迫感に乳首や乳房が嬲られてしまう。

彼がステップを進めるごとに、彼の腿が会陰部の割れ目や感じやすい肉の芽をこすりあげ、腰のあたりが疼いた。それにどういうわけか息があがってきた。

　ここにきてから、毎夜のようにイサークと身体をつないでいる。そのせいだろうか、些細な触れあいですら、彼との情事のときの感覚を思いださせて肌が騒がしくなってしまう。決して自ら望んでしていることではないのに、こうしていると、そのまま又彼と睦みあいたくなってしまうような、妖しい意識に囚われていく。

　知られないようにしようと、強い眼差しで彼を見据え、その手を強くにぎる。

　そうよ、負けてはいけない、タンゴは闘いの踊り。これでは私が彼に負けてしまったみたいじゃないの。

　そう思って気丈に振る舞うのだが、二曲目の音楽が終わるころにはセシリータは腰が砕けたようにイサークの胸にもたれかかっていた。

　そんなセシリータにイサークが唇を重ねてくる。彼の手がスカートを捲りあげ、とっさにセシリータはその手を払った。

「だめよ、また次の音楽が始まったわ。踊らないと」

「いやだ、すぐにおまえが欲しい」

「楽団がいるのに……」

「大丈夫、隣の部屋だ。衝立からこっちのことはわからない」

「いやよ、駄目、わかってしまうに決まっているじゃない、恥ずかしいわ」

　セシリータは彼に背をむけ、窓に行き、手すりに手をかけた。

しかし後ろから近づいてきたイサークが背中に触れたとたん、ネックレスの金具がとれ、胸元のパールが足もとまで落ちていく。

「あ……っ……っ」

後ろから抱きしめられ、その手が胸に伸びてくる。五本の指で皮膚の内側までつかもうとするように、セシリータの乳房を手のひらで持ちあげるようにぐりぐりと揉みあげるのはイサークの癖だ。

「ん……んっ」

すっかり馴染んでしまったその動きに、たちまち胸が張り、乳首がピンと尖り、大きくなっていくような気がするのはどうしてだろう。

すでにスカートは腿まで捲りあげられ、下着の内側にすべりこんできた手が秘部のあわいに伸びてくる。

すでに濡れそぼっていたのか、割れ目をさぐってイサークの指先が膣口をひらくと、愛液がたらりと滴り落ちてセシリータの腿を濡らしていった。

「濡れている、それにもう膨らんでいる、タンゴで感じたのか」

ふっと耳朶をイサークの笑いがかすめ、恥ずかしさにいたたまれなくなる。

そんなことないと否定しようとするセシリータよりも早く、イサークは指先で蜜をすくいとり、知らないうちにぷっくりと膨らんでいた芽になすりつけていった。

ぐりぐりとそこを撫でこすられると、落雷を浴びたような痺れがそこから一気に駆けあがり、その疼きから逃れようとセシリータは窓枠をつかんで大きく身をのけぞらせた。

「あっ、いや、そこは……」

いやだ、どうしたのだろう、身体がいつもよりずっと敏感になっている。

「ん……いや……ああ……っ」

官能的なアルゼンチンタンゴの音楽のせいだろうか。それとも踊っているときから感じていたせいだろうか。

「あ……っ……どうしよう……変になってしまう……やめて……それ以上は」

たっぷり芽を嬲ったあと、つぷっとイサークの長い指が花びらの奥へと入りこみ、ぐちゅぐちゅと今度は粘膜の内側をほぐし始めた。

「ああ……っあっ、いや……やめ……っ」

気がどうにかなってしまいそうだ。後ろから大きな手に荒々しく胸を揉みしだかれ、嬉しいわけではないのに、なやましいほどの快感がそこから下肢へと伝わって、イサークの指を銜えこんだ粘膜が火傷しそうなほど熱くなっていく。

セシリータをめちゃくちゃにしてしまうような、犯したくてしょうがないといったこの動きはいつもと変わらない。

けれどタンゴのせいだろうか。今、自分たちは対等だという実感を抱いた。

この瞬間、私はイサークと対等に闘って挑発しあったのだと思うと、イサークに触れられている場所から身体が溶けるのではないかというほどの快感が全身に広がっていく。

「あ……っ、ああぁっ、はあっ、ああっ」

どうしよう、ものすごく気持ちいい。けれどそんなふうに口にするのはいやだ。心まで支配されたようで、自分が許せなくなる。

だから必死に抵抗しようと思うのだが、彼の動きに身体の奥底が慣れていこうとしているのがわかる。

やがて熱っぽい蜜でとろとろになった膣襞のなかに、やわらかさと硬さを伴った肉塊が勢いよく侵入してきた。

「ああっ……ああっ、ああっ」

後ろからぐいぐいと腰を打ちつけるように突き刺され、硬くて弾力のある巨大な肉茎の切っ先が子宮口にねっちりと当たるのがわかった。

「はあっ、あああっ」

たまらない。何という刺激だろう。じわじわと狭い場所を広げていく亀頭の出っ張り。それがセシリータの感じやすい粘膜を圧迫し、お腹を内側から妖しくノックされているような奇妙な感覚がせりあがり、頭が真っ白になっていく。

「ああっ、ああっああっ」

窓に手をかけたまま、後ろからぐいぐいと力強く貫かれていく。彼が身体を押しあげるたび、割れたスカートのスリットが大きく揺れる。

隣の楽団員たちはきっとふたりの行為に気づいているだろう。セシリータの甘い声が聞こえているはずだ。それなのにタンゴの演奏をやめようとしない。

そのせいでよけいに脳が煽られたようになって、セシリータの呼吸は荒くなり、つながった部分から広がっていく、痺れるような熱に溺れそうになってしまう。

「セシリータ……いい、すごくいい締めつけだ、今夜のおまえはどうしたんだ？　すぐに感じて、物欲しそうに俺に絡みついて」

耳元で囁かれ、セシリータは唇を噛みしめ、かぶりを振る。

「ん……ふ……っ……っ」

そんなこと言わないで。言われると自分が感じているみたいで恥ずかしいから。

私は音楽に振り回されているだけ。

タンゴのステップが私には刺激的すぎただけ。

そうよ、だから決して感じているわけではないから。物欲しげになんてしていないはずだから。

己のなかで自分に言い聞かせ、身体を支配しようとする快感の波に必死に抗う。窓枠に爪を立てて、唇を噛んで。

「あいかわらず……気の強い女だ。素直に認めればいいのに……耐えようとするからよけいに辛いのだ」

セシリータの態度にクスリと笑うと、イサークは身体をつなげたまま、いきなり腰を持ちあげた。

「え……っ」

彼を銜えこんだまま、身体を大きく反転させられる。そのとき、ずるりと膣奥に加わった激しい刺激にセシリータはひくひくと全身を痙攣させた。

「ああっ、はああっ！」

たまらず激しい苦鳴をあげてしまう。隣の部屋はおろか、甲板にまで聞こえてしまうのではないかというような声を。

息を奪うように唇を吸われ、片脚のひざの裏を彼の腕にひっかけられたまま、タンゴのステップのように下からぐいぐいと突きあげられる。

「んんっ……っん……んっ」

緩急をつけた荒々しい律動に揺さぶられ、脳が溶けそうだ。

片脚をあげて突きあげられているせいか、彼が肉棒を打ちこむたび、ずっ、ずっ……とその腹部で肉の芽までこすりあげられ、彼の胸に乳房ごと乳首を圧迫されて、セシリータは朦朧としながら、必死にその肩にしがみついていた。

彼の背を抱き、窓枠に少し腰を乗せたような形で、片脚をあげたまま、彼とひとつにつながっている。

タンゴの音楽が流れるなかで。

もしかすると、これはただふたりでタンゴを踊っているだけなの？

それとも私は彼に貫かれ、情欲の甘い声をあげているの？

だんだんわからなくなっていく。

ただつながった場所からこれ以上ないほど熱い波が広がり、肌が汗ばみ、もう身悶えることしかできない。

「ああ……イサーク……イサーク……っ……ああっ、あああっ！」

熱い、身体中が熱い。熱い波に襲われていく。

身体がぷるぷると震え、子宮のあたりに甘く重苦しい疼きが走った次の瞬間、身体がふわっと浮かびあがるような錯覚をおぼえた。

「ああっ、ああっ、あぁぁっ！」

目の前で白い光が幾つも弾ける。

体内にみっしりと埋もれた肉塊がどくどくと荒々しく脈打ち、亀頭の先端から熱っぽい白濁が放出されるのがわかった。

「あ……っ」

お腹がいっぱいになっていく。彼のもので洪水のようになっている。つながった場所から、とろとろと流れ落ちていく粘液……。

子宮のなかに収まりきらないほどの大量の精液が粗相をしたかのように体内から流れ落ちてセシリータの腿を濡らしていく。

恐ろしいほど激しい情交の果てに、セシリータはぐったりとイサークの肩に顔をあずけた。体内に彼が溶けていくのがわかる。

そのむこうで、なおもまだタンゴが流れていた。

私は負けない。

タンゴのように負けない。そう思いながらも、イサークが肉体に与える快感に絶頂をむかえたあとも、セシリータの体内はひくひくと痙攣し、収縮をくりかえしながら、今もまだ彼に絡みついている。

怖い、でも絶対に負けないわ。

次は私が勝つから。タンゴのように。

そう思いながら、セシリータはイサークとつながったまま意識を失っていた。

六　娼婦のタンゴ

夕刻、波の揺れが静かになったことに気づき、窓から外を見ると、水平線の彼方から大地がゆっくりと船に近づいてきていた。

「やっとブエノスアイレスに着くのね」

長い船旅だった。途中でブラジルに寄港したものの、冬の嵐にあい、大きな揺れに船酔いしてしまって、寝こんでしまうことになり、大地に下りることはできなかった。

スペインを離れてから一カ月。ようやく大地を踏むことができる。

歓びのあまりセシリータは甲板に飛びだしたのだが、吹きすさぶ風のあまりの冷たさに大きな身震いをおぼえた。

「寒っ……」

冷たく荒々しい海風に髪が大きく乱れ、肌が一気に張り詰めていく。歯がかみ合わないほどの寒さ。足ががたがたと震える。

「セシリータ、そんな格好で外に出ると風邪をひくぞ」

船室から出てきたイサークがセシリータの肩にあたたかな毛織物のストールをかける。それでもドレス一枚では骨まで凍りつきそうな寒さを感じた。

今、スペインは真夏の灼熱の太陽に大地が燃えたようになっている季節だが、地球の裏側——南米の南端にあるアルゼンチンはちょうど真冬だった。

上空からは粉雪が降ってきている。遠くのほうには雪に覆われた山々も見える。

これほどの大型客船では稀のようだが、運が悪い船は氷河にぶつかり、沈没する可能性もある季節らしい。

「もうすぐ着くの？」

白い息を吐きながら尋ねると、イサークはかぶりを振った。

「まだだ。着くのは明朝だと言わなかったか？」

「ああ、そうだったわね」

「まだしばらくラ・プラタ川を遡っていく。さあ、早くなかに入って。もうすぐ夕飯の時間だ。今日は下のサロンで明朝の上陸を祝って、最後のパーティがひらかれるらしい」

「それは楽しみね。今夜はあなたとタンゴを踊りたいわ」

セシリータがほほえみかけると、イサークはいぶかしげに眉をひそめた。

「めずらしいな、おまえからタンゴを踊りたいと言うなんて」

はっとしてセシリータは口もとから笑みを消した。

タンゴの踊りは好きだ。音楽も聴いているだけで元気になる。けれどあの情熱的なダンスをイサークと踊ると、あまりに身体を密着させすぎていつも変な気分になってしまうのか、そのあと果てしない情交を続けることになるので、最近は気分が乗らないと言って避けていた。

「別に。ただ……言ってみただけよ。やっぱりやめましょう。サロンでの食事も遠慮しておくわ。少し寒気がして」

いけない、つい本音を口にしたけれど、タンゴを踊るうちに本心を晒けださないとも限らない。イサークはとてつもなく猜疑心《さいぎしん》が強い。彼に逃亡計画がばれてしまう。

明日の朝、セシリータは船員の格好をして、積み荷を運ぶ一団にまぎれて船から出る計画をしていた。

船は予定では明け方に到着するものの、一等客室の乗客はゆっくりと睡眠をとり、朝食を食べてから船を下りる予定になっている。

その時間帯がチャンスだと思っていた。とにかく一刻も早く侯爵家がどうなっているのかが知りたかった。使用人たちが大変な思いをしていないか、それが心配で心配で。

その夜、イサークは上陸の準備で忙しいのか、セシリータの肉体を求めてくることはなかった。おかげで安心して逃亡の準備ができた。

明け方、船が到着したとき、ブエノスアイレスの街には冷たい雨が降っていた。

水夫用のセーラーカラーのシャツとズボンを身につけ、髪をまとめて帽子のなかに入れると、セシリータは以前から用意しておいた五十センチほどのブロンズの置物を自分のナイトウエアで簀巻《すま》きにし、スリッパを手に甲板に出た。

外はものすごく寒い。薄い生地のセーラーカラーの上下で冬の街に出て大丈夫なのか不安だったが、とにかくこれしかないと思い、セシリータは手にしていた置物を海にめがけて投げ入れた。

「きゃーっ、助けて――――っ！」

叫び声をあげて、スリッパを川に投げ入れる。置物が落ちた大きな水音。水面に浮かんだナイトウエアとスリッパを確認すると、セシリータはとっさにその場から離れた。

「今の声は何なんだ」

大柄な男性船員のひとりが駆けつける。

「あっちで女の子が海に」

セシリータはそう言って指さすと、まわりの船員や乗客が一気にそこに集まるのを見届け、そっと騒ぎに紛れて、船の下にある荷運び用の搬入口にむかった。

(――よかった、大成功だわ。誰も私だと気づかなかった)

セシリータは桟橋《さんばし》を大急ぎで駆け抜け、酒場が建ち並ぶボカの街に降り立った。

朝が早いということで、殆どの店が扉を閉じ、あたりにはあまり人がいない。

通りに散乱しているゴミや食べ物、それから隅っこのほうで毛布にくるまって眠っている酔っ払いのような路上生活者たち。そんな荒んだ場所を進むのは初めてだったので不安だったが、男装、しかも貧しそうな少年水夫の格好をしているので誰も女性だと気づく者はいない。

あらかじめ、この街出身の者に教えてもらった波止場近くにあるスペイン領事館の出張所へとむかう。市内にある大きな建物のところまで行くのは難しくとも、そこならばセシリータの足でもたどりつくことができた。

帽子をとり、髪を下ろして、セシリータはビルの三階にある事務所を訪ねた。

「あの……なにか御用ですか」

そこには四十代くらいの男性ひとりと若い男性、それからふたりの若い女性職員がいるだけだった。

「すみません、私、スペインのグラナダのフェンテス侯爵家のセシリータといいます。マフィアに誘拐されて、ここに連れてこられました。お願いです、本国に帰れるよう、どうか助けてください」

　必死のセシリータの訴えに、三人は顔を見合わせた。

「わかりました。お困りでしょう。私はここの所長です。もしそれが真実でしたらすぐにお国にもどれるようにします。なので、ビザかなにか、あなたの身分を示すものを」

　四十代の男性が神妙な顔で立ちあがった。

「いえ……なにも」

「今朝、到着した船でこられたのですか」

「え、ええ」

「では、検疫もうけていらっしゃらないのですね。……まあ、いいでしょう。わかりました、本国からきている行方不明者リストを少し確認しますので。キアラ、彼女を隣の部屋に。あたたかい紅茶でもお出しして」

　男は女性職員のひとりに声をかけた。すると、若い男性職員が不思議そうに言った。

「フェンテス侯爵家のセシリータ嬢といえば、闘牛士のリオネルの婚約者ですよね。彼女のことなら、確かこの前の新聞に載っていましたよ」

「えっ、新聞に私のことが？」

　問いかけると、男は奥の棚から新聞をとりだしてきた。

「ええ、これです。顔写真入りで。確かにあなたによく似た女性の写真ですが……おかしいですね、ここに載っているのは彼女の死亡記事ですよ」

「何ですって――――っ！」

セシリータは男が広げた新聞を見て、全身から血の気がひくような気がした。

『闘牛士リオネルの悲劇の花嫁――セシリータ嬢、結婚式の夜、ならず者に連れ去られ、惨殺《ざんさつ》される』

そんな見出しの記事だった。

見出しの下に記されているのは、セシリータの死の詳細だった。

『華やかな結婚式の式場に現れた反政府組織のマフィアに誘拐されたセシリータ嬢は、必死の捜索にもかかわらず、数日後にグラナダのサクロモンテの丘で惨殺された遺体となって発見された。その日のうちに聖母教会で葬儀が行われ、フェンテス侯爵家の墓所に埋められた。悲劇の花嫁の死に、グラナダの市民たちは嘆き悲しみ、一週間にわたって街は悲しむ人々の喪の色に染まった』

確かにそこに書かれている教会の名は侯爵家の聖母がいる教会で、綴《つづ》られている墓所の住所も、両親が眠っているところだった。

「うそ……うそよ、私はここにいるのよ、ちゃんと生きているのにどうして」

そんなバカな。呆然としながらも、セシリータはそのすみに書かれている記事を見て、涙が出そうなほどほっとした。

『この事件の混乱のさなか、闘牛士リオネルの八百長闘牛が発覚し、リオネルは引退。彼と八百長闘牛を利用し、詐欺賭博をしていたとして、フリオが逮捕』

彼らの悪事が発覚した。兄の逮捕は哀しいけれど、それでもあのまま八百長の闘牛をしていれば、父の牧場と闘牛場の名を汚すことになる。それだけでもよかった。

『その後、先代の侯爵から遺言書をあずかっていた弁護士により、侯爵家の家督はロンダの伯爵家の養子となっていた先代の弟の次男が継ぐことが決定。闘牛場と闘牛牧場の新たなオーナーとして意欲的に改革に取り組むとして……』

よかった。それだけでも救われた。ロンダにいる従兄は、子供のときと戦争中に何度か会ったことがあるので、どういう人物なのかよくわかっている。

イサークほどのカリスマ性はないものの、誠実で、まじめな人柄だった。彼なら安心して侯爵家を託せる。

ほっと息をついたセシリータに女性の職員が声をかける。

「それでは、あちらで落ち着いて話を聞きましょう。さあ、いらしてください」

セシリータを連れていこうとしたそのとき、若い男性が外に出ていくのが見えた。そして廊下にいる男性になにか話している。

「やはりこちらにいらしていましたか」

耳をかすめたその声にセシリータははっとした。

イサークの部下ホセの声だった。

（イサークは私の芝居を見破っていたんだわ）

どうしよう、このままだとすぐにイサークのところに返されてしまう。

「では、こちらで少しお待ちください」

女性職員がドアを閉める。そのとき、鍵を閉められたことに気づいた。

むこうから話し声が聞こえてくる。ドアに耳を当てると、所長が職員たちにセシリータのことを説明していた。

「彼女は、イサークさまのところの娼館から逃げ出した娼婦だそうだ。フェンテス家の令嬢に似ているとよく言われるらしく、それで本物になりすまし、スペインに渡ろうと計画しているらしい。すぐに娼館にもどさなければ」

ひどい、娼館の娼婦ですって？　よくもそんなふうに……。

「それにしても、あの娼婦、ずいぶん勇気がありますね。イサークさまのところの娼館から逃げ出してくるとは」

若い職員が感心したように言う。

「本当に、彼はこのブエノスアイレスの影の帝王と呼ばれている方なのに」

「ああ、この街では、イサークさまに逆らって生きてはいけん。とくに我々のようなスペインからの移民は。彼がいなければ……」

ブエノスアイレスの影の帝王。彼に逆らっては生きていけない。

セシリータは身体を震わせた。

イサークは領事館の職員までがそんなふうに口にしてしまうような存在なのだ。

改めてセシリータは己の立場をはっきりと認識した。彼が帝王と呼ばれているこの街に連れてこられたということは、彼から逃れるのが不可能に近いということだ。

(彼のことは今も愛しているわ。でも駄目、今の彼に屈服したくない。復讐の情念にとり憑かれている彼に呑みこまれ続けると、私まで負の闇に堕ちるかもしれない。そうなればふたりは憎しみあうだけの哀しい関係になってしまう)

それだけは絶対に避けたい。そしてできれば、彼から憎しみの感情をとりはらいたい。そのためなら何だってする。

自分が死んでしまったことにされているのはいたたまれないが、侯爵家のことは従兄に任せておけば安心だ。使用人たちが路頭に迷う心配もない。

(そうよ、私はこれからは心置きなくイサークと闘えるのだわ。彼のなかの負の感情をとりはらうことを目標にして)

セシリータは覚悟を決め、その部屋の椅子に腰を下ろした。

やがてイサークが部下を連れて、セシリータの部屋にやってきた。

「イサークさま、こちらがおさがしの娼婦ですか?」

男性職員に問いかけられ、イサークは冷ややかな眼差しでセシリータを見下ろしながら、「ああ」と低い声でうなずいた。

「侯爵家のセシリータ嬢にあまりにそっくりなので驚きました。イサークさまのところの娼館は、粒ぞろいで有名ですが、こんな綺麗な娼婦がいたとは。今度、彼女のところにおうかがいしてもいいですか」

「あいにく彼女は半人前ですので、まだ……」

　イサークの言葉を聞き、セシリータはクスクスと笑いながら立ちあがった。

「ええ、まだ半人前ですけど、イサークさまから毎日、お客さまを喜ばせる方法を厳しく手ほどきされています。よくできたときはご褒美にタンゴを教えていただいて。あまりに厳しくて、逃げようかと思いましたが、イサークさまにここまで足を運んでいただいて考えが変わりました。私、娼館でがんばって働きます。もうすぐセシリータという名前でデビューするのでどうかごひいきに」

　セシリータはにっこりとほほえんだ。

　そこにいた男性職員ふたりが笑顔でうなずくのをイサークは不機嫌な眼差しで見据えた。

イサークの態度に、職員たちはすぐに口もとから笑みを消す。

「はしたない女だ。まだデビューもしていないのに、このように自分から売り込みをするとは。もう一度、おまえには一からの躾《しつけ》が必要なようだな」

イサークはそう言うと、セシリータの手を引っ張って、領事館をあとにした。リアシートにセシリータを押しこむと、イサークは険のある声で問い詰めてきた。

「どうして船から逃げたりした。そんなみっともない格好をして。無事に領事館までこれたからよかったものの、ここはスペインとは違うんだぞ。移民たちが作りあげ、まだ秩序らしい秩序も整っていない開拓地のような場所だ。そこにおまえみたいな女が現れてみろ、すぐに男どもに捕まってレイプされ、場末の娼館に売られるだけだ」

「けっこうよ。あなたの相手をするよりは、娼館のほうがまだマシよ」

セシリータはイサークを睨みつけた。

「何だって」

「あなただけのものにされ、憎しみの標的のようにされ、閉じこめられた生活を送るならば、大勢の男に抱かれるような娼婦となるほうがずっとずっとマシだわ。いえ、むしろ幸せだわ」

セシリータは覚悟を決めていた。侯爵家の心配がなくなったのなら、本当になにも怖れるものはない。自分はブエノスアイレスで野垂《のた》れ死んでもかまわない。ただしその前に命がけでイサークの憎しみの種をとりのぞく。

「娼婦になったほうがまだマシだと？　よくもそんなことが言えるな。それなら、俺が経営する館で娼婦になってみろ」

「わかったわ。案内してちょうだい」

「……では行き先変更だ。サン・テルモにある娼館に」

イサークは運転席にいるホセに命じた。

車がむきを変え、雨にしっとりと濡れた石造りの道を進んでいく。

レンガや漆喰の壁の石造りの建物に、入り組んだ路地が多く張り巡らされた下町にある娼館へと連れていかれる。

そこは波止場のあるボカ地区を通りの先にのぞむことができる場所にあり、ブエノスアイレスに住むスペイン系やイタリア系の移民が多く住んでいる地域だった。

イサークが経営している娼館は、どこかの宮殿のような豪奢な作りになっていた。

一階にフロントがあり、そのむこうには、大理石の巨大なフロア。

壁に灯った薄暗いランプの明かりのなか、生演奏のバンドが奏でるアルゼンチンタンゴが官能的に鳴り響き、美しく着飾った女性たちと、彼女たちの客らしき男がタンゴを踊っている。

「ここはブエノスアイレス一の娼館だ。客が望めば、いくらでもフロアでタンゴが踊れるようになっている。ここにいるのは、全員、タンゴダンサー並みに踊れ、訪れた客たちに最高級の夢を与えることができる女性ばかりだ」

バンドネオンの噎《むせ》び泣くような旋律が響きわたるなか、イサークはセシリータの手を引っ張って螺旋階段をのぼり、建物の最上階にある一室へと連れていった。

「ここがおまえの部屋だ。これからはここで客をとって暮らしていくんだ。逃げることは許されない。そのときはボカにある場末の娼館に売り飛ばす。荒くれの船乗り相手に、路上で客引きをするところだ。それがイヤなら、ここで身体をはって客をとれ。女主人に準備を頼んでおく。せいぜい着飾って男を喜ばせてやるんだ」

イサークはそう言って、セシリータをその部屋に押しこんだ。

(ここで客をとる……そう、イサークは私を娼婦にしても平気なのね)

自分から娼婦になりたいとは言ったが、イサークがああもあっさりとセシリータを娼婦にするとは思いもしなかった。

(私はまだうぬぼれていたのだわ。彼に愛されていたときの記憶のせいで)

彼は地獄から甦り、セシリータを彼のいた地獄に引きずりおとすために目の前に現れたのだ。だから彼は、セシリータが他の男に抱かれても平気なのだ。

「いいわ、私は負けない。ここでどんなことをしてでも、彼の目を覚まさせるわ。復讐なんてことがどれほど哀しいことなのか、彼がわかればそれでいいから」

セシリータはひとりごとを呟いた。自分を励ますように。

その夜、女主人から衣装を与えられ、セシリータは客をとるために浴槽で身を清め、身体にぴったりと密着するような黒いドレスを着せられた。といっても、アルゼンチンタンゴが踊れるように腿から大きなスリットが入っている。

イサークから三年前にもらったネックレスをそっと鏡台にしまいこみ、先日、船のなかでもらった真珠のネックレスを首につける。

愛の象徴のネックレスと、憎しみの象徴のネックレス。

鏡台の前で最後に深紅の口紅を塗ると、セシリータはそこに自分ではない別の女性が映っているような違和感をおぼえた。

これが自分だろうか。

館全体に、妖しいアルゼンチンタンゴが流れている。そんななか、オリエンタルな趣味の赤い壁紙と金色の蔓草《つるくさ》模様が描かれた娼館の一室で、金で女を買いに来た男に、これから自分は抱かれるのだ。想像しただけで気が遠くなりそうだった。

本当は怖い。自分で選んだこととはいえ、つい一カ月前まで、男性とはまともにくちづけすらしたことのない生娘だったのだ。イサークの冥福を祈り、修道院で慎ましく暮らしていたような女だ。怖くないわけがない。

今夜起きることを考えると、目に涙がにじんでくる。発作的にセシリータは鏡台のひきだしを開け、シルクのハンカチで包んだイサークからのネックレスを手にとり、目を瞑ってそこにキスした。

(お父さま、イサークを救ってさしあげて。私は間違っていないわよね。ただイサークの憎しみの種をとりのぞきたいだけなの)

だから娼婦になるというのは、極端かも知れないが、娼婦になるほうが彼の憎しみの相手をするよりはまだマシなのだと身を挺してでも伝えたかった。

私はこうして今日から地獄に堕ちるのだから。もう満足して、イサークは憎しみと復讐という地獄から這い出て欲しい。

それがセシリータの切なる願いだった。

(そうよ、私はどんなことだってできるわ。イサークを愛しているのだから。いつだってイサーク以外、愛したことはない。イサーク、大好きよ。だから憎しみを乗り越えて。私はあなたにそんな気持ちを抱いて欲しくないの)

そうやって自分の気持ちを確認しているうちに、少しずつ部屋の外が騒がしくなってきた。あいかわらずタンゴが流れ、廊下から男たちや女たちの楽しそうな声が聞こえてくる。

私のところにはどんな人が訪れるのかしら。

(誰がきても同じ。ならば、一生懸命働こう、イサークの店のトップになってみせる。そして彼に言うわ。こんなことをしても私はこんなふうに這いあがるのだから復讐なんて無駄なことはやめなさいと)

そうセシリータが覚悟したときだった。

トントンとノックをする音が聞こえ、セシリータははっと息を呑んだ。

イサークの昔のネックレスをシルクのハンカチに包み直し、そっとひきだしの奥にしまいこむ。そして深呼吸して、立ちあがった。

「どうぞ」

扉がひらくと同時に、ふりむいてほほえみかける。しかし現れた男を見て、セシリータは顔を引きつらせた。

「どうして――――」

そこにいたのは黒いスーツを身につけたイサークだった。

「おまえを買いにきた。おまえの初めての客は俺だ」

「あなたが客だなんて……どうして……あなたの考えていることがわからないわ」

せっかく覚悟を決めたのに。どうしてイサークがここに。

「娼婦にまで堕ちた自分の愛人を買いにきただけだ。俺の情婦になるよりも娼婦になりたいと豪語するくらいだ、さぞ最高のもてなしをしてくれるのだろうと思ってな」

「イサーク……」

「これから、おまえと俺の関係は客と娼婦。それで文句はないいな」

客と娼婦……。そう、この人はだから私をここに連れてきたの。本当に娼婦にするためではなく、自分たちの関係を変えるために。

「わかったわ、これからは客と娼婦。それで満足よ」

セシリータは強気で返した。そうだ、そのほうがずっといい。憎しみをぶつけられるよりは、金で買われた関係だと思ったほうが。

「それで満足よ……か。あいかわらず高慢なものの言い方だ。おまえは客にそういう態度をとるのか。娼婦なら娼婦らしく対応するんだ」

イサークはセシリータの腕をつかみ、身体を引き寄せると、いきなり黒い布で目隠ししようとしてきた。

「イサーク、やっ……なにをするの。タンゴは踊らないの？」

「俺は娼婦相手にタンゴを踊る気はない。タンゴは対等な相手との闘うような踊りだ。金で抱く女は対等じゃない。だからおまえとはタンゴは踊らない」

イサークはセシリータの両眼を黒い布で覆った。視界がなくなり、なにが何だかわからなくなってしまう。

「おまえへの罰だ。二度と俺から逃げないと約束するなら、それをとってやってもいい」

「もちろんよ、逃げる気はないわ……だからお願い……待って……」

怖い、なにも見えない状態だなんて。

「おまえの目を見たくない」

「え……」

「俺を蔑み、憐れみ、高みから見下ろしている。どれだけ穢されても眸の強さだけは変わらない。その目で見られるたび、まだ復讐は完遂していない、もっとおまえを堕とさなければと思ってしまう」

耳元で響いたイサークの苦しげな声に、セシリータは言葉を失った。

私はイサークをそんな目で見ていたの？

「だから、俺はおまえを買い続ける。そして毎晩、おまえを穢す。娼婦の目をむけるようになるまで」

冷ややかにそう吐き捨てると、イサークは黒檀製の娼館のベッドにセシリータを押し倒し、薄いレースで覆われた胸元を広げる。目隠しをしていても、布からぷるりと弾力のある乳房がはじけるように飛びだすのがわかった。

「黒いレースによく映える真っ白な肌だ。初めてのときの白いウェディングドレスもおまえの肌を綺麗に引き立てていたが、今のこの、触ると手に吸いついてくるような淫靡な艶を見せるようになったおまえの皮膚には黒や赤のほうがいい」

イサークの手が乳房をわしづかみ、そのままもぎとりそうなほどの強さで揉み始めた。

「あ……っう……っ」

荒々しく胸を揉みくちゃにされながら、彼の指先にこりこりと乳首をこすられると、肌の下を通っている神経のありとあらゆる細胞がいつもよりもずっと騒がしくなり、恐ろしいほど敏感になっているのがわかる。

「ああ……ん……ああっ」

視界を奪われているせいだろう、セシリータの皮膚は彼から与えられる愛撫を敏感に感じとってしまう。

「すごいな、もう下のほうはびしょ濡れだぞ」

イサークはセシリータの脚を広げ、秘部に顔を埋めてきた。

「やめて……恥ずかしいことを言うのは」

「なにが恥ずかしいんだ。娼婦らしくていいじゃないか。次からは自分でここを慣らして、俺を誘いこんでみせろ」

「……っ！　無理よ」

「無理でも客を喜ばせるのが娼婦となったおまえのつとめだ」

彼の指先が辿っていくことで、ふっくらと秘芽が膨らんでいることがわかり、彼の舌先が割れ目の間から挿《はい》ってきたことで、自分のそこにすでにとろとろの愛蜜が溜まっていたことがわかる。

「ん……ううっ……ああっ、いや」

弾力のある舌先が体内に挿りこみ、肉襞の間で妖しく蠢く。どうしたのか、視界を奪われている分、そこで蠢いている舌の感触がいつもより生々しくセシリータに伝わってくる。粘膜のすきまを慣らすように舌先でほぐされるうちに、彼に触れられている秘部も内腿もぴくぴくと痙攣し、子宮のあたりがきゅっと搾られるように疼いてくる。

「ん……っいや……ああっ、あああっ」

ものすごい痺れが突きあがってくる。

どうしてこんなに敏感になってしまっているのか。故郷のスペインとも大西洋の船上とも違う、ブエノスアイレスの暗い路地らしい湿気を含んだ冷たい風が窓のすきまから入りこみ、セシリータの肌にまといついてくる。

苦しいはそのせいだろうか。いや、違う。苦しいのは、イサークが膣の奥を舌先と指を使っていじり倒しているからだ。

乳房はしこり、セシリータが悶えるたび、ゆさゆさと大きく揺れ、その重みに胸や首のあたりに痛みが走る。けれどそれすらも羞恥や刺激となり、セシリータの甘い声を誘発してしまう。

「あああっ、ああ、いや、もう……そんなところ……舐めないで」

淫らすぎる自分への羞恥。過去への罪の意識。欲望への激しい切迫感。

そしてイサークに嫉妬されていることの恍惚。渾然一体となった感情を渦巻かせながら、セシリータの身体だけが快楽のなかにとろとろになっていく。

「ああっ、あああっ」

辛いのか恥ずかしいのか情けないのかわからなくなり、涙が眸から流れそうになる。セシリータは我知らず自分の目元から目隠しを引き剝がしていた。

「ああっ……んん……っ」

強く秘芽を唇で吸われ、疼きの熱さも息苦しさも肌の震えも一気に頂点に達しようする。

「ん……ふ……っ」

いやだ、怖い。このままそこを嬲られているだけで達《い》ってしまう。そんなの、自分じゃないと思うのに、身体は裏切り者となってイサークの愛撫に歓びの声をあげている。

「いや、いやよ……私じゃないわ……私じゃない……ああっ……あっ」

激しく身悶えながら、懸命にかぶりを振るセシリータの声に気づき、イサークがそこから舌を引き抜く。一瞬、その空洞感に下腹のあたりが心もとなくなりかけたそのとき、イサークはぐうっとセシリータの身体を持ちあげ、ベッドの背もたれにもたれかかるように座った自分の上にまたぐような格好で座らせた。

「目隠しをとったのか。淫らな女だ、このくらいの快感もやり過ごせないとは」

セシリータは涙に潤んだ目でイサークを見た。

「イサーク……私の目は……まだあなたを傷つけている？」

セシリータの問いかけに、イサークが眉をひそめる。

「傷つけているだと」

「傷つきたくないから……あなたは……私の目をあんなもので封じこめた……でもどんなに覆っても真実は……変わらないのよ」

快感のあまり神経が振りきれているせいか、セシリータはふだんは彼をよけいに傷つけそうで封印していた本音をかすれた声で口にしていた。

「真実は変わらない……か」

「ええ……私があなたを裏切っていなかったことも……あなたを守りたくて……バレラ大尉と婚約したことも……祈り続けたのはあなたの冥福だったことも」

なにを聞いても信じないと言っている男に、どうして自分はこんなことを口にしているのだろうと思った。どうしてこんな自尊心のないことを。

けれど、もはやタンゴを踊るような対等な相手ではない、おまえは娼婦だと宣言して、こちらをめちゃくちゃに辱めようとする男に、今さら誇りをみせても虚しいだけ。

それならば、落ちぶれた娼婦らしい境涯のまま、どんなに信じてもらえなくても、どんなに惨めでも真実を彼に伝え続けようと思った。いつか、もしかすると、それが彼の心に本物の思いとして伝わる日がくるかもしれないと信じて。

「私はあなた以外……誰も愛したことはないわ……あなたは私の魂……だから私は守りたかったの、戦争になんて行かせたくなかったの」

セシリータは涙を流しながらイサークに告げた。

「今ならどうとでも言えるさ。どうせそうやって俺をだまし、ここから逃げることを考えているのだろう。おまえはそういう女だ。船で楽しそうにタンゴを踊り、俺に屈託のない笑顔を見せ、すっかり安心させたかと思うと、水夫に化け、領事館に誘拐されたと言って逃げこむような。そんなやつを信じられるというのか」

「あれは……家のことが心配だったから。でももう従兄が侯爵家を継いだことがわかったから、私はスペインに帰らなくてもいいの。ここであなたのために、あなたの心から復讐の焔の種を消すために生きていくって決意したの。だから娼婦になったのよ」

「どうしてそれが娼婦と関係あるんだ」

「憎しみや復讐の対象にされるよりも、娼婦とされるほうがマシ。あなたの抱えているものは、娼婦になった女よりも哀しいものだと、この身をもって伝えていくのが私の最後の願いだから」

そう、娼婦になり、堕ちるところまで堕ちて、このブエノスアイレスで野垂れ死んでもいいと思っていた。もうスペインに思い残すことはない。これまでだって家のこと以外は、イサークの冥福を祈ることだけが自分の人生だった。

だから今、自分がするべきことは、これまでのようにイサークの冥福を祈ることではなく、これから先の彼のこの世での幸福だけ。イサークが負の感情を捨てて幸福になるためなら、この命をかけても惜しくない。そう思っている。

「だから……これからは……もう本当のことしか言わないの」

セシリータは囁くように言ってイサークにほほえみかけた。しかしその笑みから目を背けるように、イサークは腕のなかにセシリータの腰を入れて身体を引き寄せた。

「なにも言うな、聞きたくない」

「あ……っ」

やわらかに揺れる乳房の間に顔を埋め、乳首を舌先で弄びながら、一気に体内に挿りこんできた。

「ああ……っああ……イサーク……ああっ……」

セシリータは突然串刺しにされた痛みに、大きく身をのけぞらせた。慣らされていたとはいえ、たくましい肉棒に下から穿たれると、子宮や内臓が一気にせりあがってくるような圧迫感で苦しくなる。

「ああっ、イサーク……あああっあっ、あぁ」

細いセシリータの腰骨をつかみ、イサークは腰を前後に動かしながら、ぐいぐいと押しあげてくる。

まるでさっきのセシリータの言葉を否定するかのように。

いや、拒否するかのように。

「あぁっ、あっ、あっ、あっ、あぁ」

突きあげられるたび、摩擦熱が奔り、かっとそこが痺れたようになる。たくましく、なめらかな筋肉のついたイサークの背をかきいだき、セシリータは甘い声をあげて圧迫感から逃れようと身をよじらせる。

下から突きあげられるストロークが激しくなっていく。荒々しく、何の容赦もなく、セシリータの思いを拒むような勢いで。

「あっ……あぁっ」

自分の奥に彼の肉棒が深々と沈みこんでいるのがわかる。

「自分から腰を動かしてみろ。娼婦なら娼婦らしく、タンゴを踊るような激しさでその肉で俺からとれるだけの精を搾りとってみせろ」

タンゴを踊るように?

ベッドに横たわったイサークが腰をつかみ、セシリータの身体を大きく揺さぶる。そのたび、セシリータの乳房が大きく揺れ、子宮口を突かれながら、かきまわされていく刺激に脳が痺れて、頭が真っ白になっていく。荒々しく胸を揉みしだく彼の手のひら。

「すごい締めつけだ。もう本物の娼婦だな」

「あっあ、あっ、イサーク、あ、っ」

すごい圧迫感だった。少しでも楽になりたくて、ひざをわななかせ、ただただ背中をくねらせることしかできない。

「う、んふ……あぁ、あぁんっ…イサーク……あぁっ」

イサークが身体を起こして、もの狂おしそうに乳房の間に顔を埋めてくる。

弾力のある唇を移動させ、乳首を圧迫するようにつぶされ、腰のあたりが熱くなり、内部にいる彼の肉をますます強く締めつけてしまう。

「すごいな……こんなに熱い肉がおまえのなかにあったとは」

イサークを奥へと引きずりこみ、どこからが彼の肉で、どこからが自分の肉か境界線がわからないほど溶けあっていた。

「いやらしい肉だ。熱く蠢いて、すぐに俺をもっていこうとする。真剣勝負……が必要な、まるでタンゴの音楽のようだ」

「なら、とことん真剣に…闘いなさい、私と……私の真実と」

挑発するように言ったセシリータの腰を、イサークがさらに突きあげてくる。

「ああっ……あぁ、あ……あぁっ！」

肉が衝突するような衝撃が奔り、奇妙なうねりと熱い奔流が脳まで突きあがる。たまらずセシリータは腰をわななかせた。セシリータの陰部からはひっきりなしにとろとろの蜜があふれてシーツを濡らしている。

「はぁ、っ、んん…あああ…っ」

なかの肉をひくひくと痙攣させながらイサークを奥へと引きずりこみ、その背に腕をまわして爪を立てる。

「……ん……んん」

舌を搦めとられたまま、指先で乳首をいじられ始める。

激しい律動のままに喘ぎ、抽送のままに身を揺らし、うっすらと目を細めてセシリータは鏡に映る自分たちに視線をやった。

「ん……あぁ……っ」

大きなベッドの上で、褐色の男と白い肌の女が絡みあっている。これ以上ないほど淫靡なその姿はタンゴを踊っているようだった。

もう対等じゃないふたりになったのだから、タンゴは踊らないと言ったのに。

けれどそこでもつれあっているふたりは、あきらかに挑発しあい、闘いのダンスを踊っている男と女の姿でしかなかった。

七　真実

日曜日の午後、冬とはいえ、久しぶりに晴れやかな空が広がり、娼館の裏側にある広場に骨董市が立ち、老若何女が入り交じって楽しそうにタンゴを踊っている。

セシリータは窓辺に座って、ぼんやりとその様子を眺めていた。

まだ五、六歳の女の子と、十歳くらいの男の子が大人顔負けのステップを踏んでいる。時にケンカをしたり、時にはしゃいだりしながら。

かと思えば、白髪の老年同士の男女。汗をかきながら身体を密着させ、互いの長い人生、長い愛を確認するかのように濃密にふたりだけの世界に入りこんでいる。

(あんなに小さくても、あんなに年をとっても、多分、タンゴを踊っていると、自分たちが男であり、女であることを意識するんでしょうね)

セシリータもそうだった。船のなかでイサークとタンゴを踊っていると、自分がどうしようもないほど女で、イサークがどうしようもないほど男で、ふたりの肉体はどうしようもないほど相手に反応してしまうという事実を、強烈に突きつけられるような気がして、怖かった。

けれどブエノスアイレスにきてから、イサークはセシリータと決してタンゴを踊ろうとしない。彼をだまして逃亡し、娼婦になると宣言したせいなのか。それとも、憎しみを捨てて欲しいと、情交のたび、セシリータが彼に頼んでしまうせいか。

「……っ」

そんなことを考えているうちに、窓からの風に身震いをおぼえ、セシリータは身体が熱っぽいことに気づいた。

どうしたのだろう、数日前くらいから少しずつ体調が悪くなってきている。

ブエノスアイレスに来たのは、七月末だったが、今はもう九月。晴れた日も増えるようになってきたというのに、今日は朝から何度も身震いしている。

(困ったわ、頭がくらくらする)

もう一カ月以上ここから一度も出ていないせいだろうか。全身に激しい倦怠《けんたい》感をおぼえ、座っているのでさえ億劫《おっくう》に思えた。

(毎日、窓を開けて広場を眺めているせいかしら)

今日のような小春日和も増えてはきたものの、ブエノスアイレスはまだ寒々しい冬の日々が続いている。

風は冷たく、空はどんよりとした曇り空が続き、街全体が冬枯れに覆われていた。

それでもセシリータは、窓を開けて外を見ずにはいられない。広場のむこうには、ボカ地区の一角が見え、どんよりとしたリアチュエロ川にゆったりと就航していく船の姿が見える。広場から聞こえてくるタンゴを耳にしながら、けだるさの残る身体に赤い膝丈の下着姿のまま、セシリータはさっきからずっと変わらず広場を見下ろしていた。

窓を開けていると身体が冷えてくるが、締め切った部屋にいると不安に駆られる。

ここでは、誰かと話をすることもない。

イサークがいないとき、娼館の下働きの女性が部屋の掃除をしたり、食事を運んできたり、洗濯物を整えたりしてくれはするものの、彼女たちはセシリータと話をすることは禁じられているらしい。おそらく、船のなかでセシリータがしきりにメイドや船員たちと話をして、ブエノスアイレスでの脱走計画を立てていたせいだろう。

外界から遮断され、イサーク以外の誰とも触れあわず、タンゴを踊ることも許されず、ただただ彼に娼婦として抱かれているだけの生活をしていると、本当に地獄にいるようで辛くなってくる。だんだん自分が狂っていくような気がするのだ。

そのせいもあり、イサークがやってくるとほっとしてしまう。淋しさのあまり、彼に話しかけ、彼に抱かれることだけに歓びを感じてしまいそうな自分が恐ろしい。

（だから……私は必死になって、彼に問いかける。憎しみはもうなくなったのか、まだ復讐に囚われているのかと）

せめてそれを問いただし、イサークに負けまいと自分を奮い立たせないと、淋しさのあまり、ただただ彼に甘え、依存してしまいそうな自分がいて怖いのだ。

けれどイサークはイサークでセシリータに話しかけられるのがイヤなのか、最初のうちは過去の恨みを口にすることはあったが、ここ最近はなにも話をしようしない。

夜半、この部屋に現れるや否や、イサークはセシリータをベッドに押し倒し、激しい交情をくり返し、明け方、ここから去っていく。

なにか話をするわけではなく。タンゴを踊るわけでもなく。最近ではスーツの上着を脱ぐこともなく。それなのに彼に荒々しく抱かれていると、自分がそのときだけは生きている気がしてセシリータは安堵をおぼえた。

けれど、そんな弱気な自分を彼に知られたくない。

彼の復讐が達成されたことになってしまうから。

（私はいっそこのままイサーク専用の娼婦として生きていくべきなのかしら）

彼の憎しみの種を消すという決意をしたのに、何の役にも立っていない。なにもできていない。そんなことを考えているうちに午後になり、使用人が昼食を持って現れた。けれど食べる気にもならず、セシリータはじっと窓辺に座っていた。

いつのまにか外では雨が降り始め、風が冷たくなってきた。肩や首筋がどんどん冷えていって、震えが止まらない。それなのに、不思議とその寒さから逃げたいという気持ちがなかった。というよりも、セシリータの感覚は麻痺していた。

(イサーク……私……あなたとスペインに帰りたいわ。あのサクロモンテの丘で、ふたりでままごとのように暮らしていたあのころに帰りたい)

薔薇色の朝陽に包まれていたアルハンブラ宮殿が見たい。グラナダのまわり、地平線の果てまで続いているひまわり畑を、あなたと馬に乗って駆け抜けたい。雲一つない青空と灼熱の太陽が恋しい。

(帰りたい、お父さま……私……帰りたい……どうしたらいいの、こんなところで、こんなふうに閉じこめられて……これで生きているといえるの?)

しっとりと降り続ける冷たい雨を見あげながら、空にむかってそんな疑問を心でくりかえしても答えが出てくるわけではない。

(それでもイサークといられることに喜びを感じるべきなの? 私は彼専用の娼婦として生きていくことを受け入れるべきなの? 愛しているから、イサークのそばにいられるだけで満足するべきなの?)

夜がきたことにも気づかず、自分がうっすらと雨に濡れていることにも気づかず、セシリータが窓辺に座っていると、夜半になってイサークが現れた。

「暖炉も点けず、そんな格好で窓を開けたままにして、どうしたんだ。風邪をひいてしまうじゃないか」

イサークが部屋に現れ、窓を閉め、暖炉に火をくべる。

「別に寒くないわ」

「また……なにも食べていないのか」

トレーに載ったままになっている食事を見て、イサークがため息をつく。

「動いていないからお腹が空かないの。一人ではタンゴも踊れないから」

「セシリータ、とにかく食べろ」

イサークはトレーに載ったエンパナーダをナイフで切り分けると、フォークの先に突き刺して、セシリータの肩に手をかけた。

「さあ、食べるんだ。出されたものはすべて食べると約束しなかったか？」

「そんな約束忘れたわ……私、食べる気になれないから、あなた、代わりに食べて」

そうよ、食べるどころか動くことさえ苦痛なのに。

「さあ、口を開けろ」

セシリータの肩を抱き、イサークが口もとにエンパナーダの欠片を近づけてくる。けれどセシリータは長い睫毛を伏せ、唇を嚙みしめた。

「だめ、そんなもの、いきなり食べられないわ」

「では、こっちは？」

イサークがテーブルにあった木イチゴをセシリータの唇に近づけてくる。それ以上反抗する気力もなく、肩を抱きこまれ、無理やり口のなかに詰めこまれてしまう。

「ん……っ」

ぼんやりと反射運動のようにセシリータは口を動かす。しかし喉を通すのが苦しくて、結局、咳きこんでしまった。

「具合でも悪いのか、熱っぽいぞ」

イサークは目を細めてセシリータの顔をのぞきこんできた。

「あなたには関係ないでしょう。どうせ欲望に任せて、娼婦として私を抱くだけじゃない。タンゴを踊ることもなく、ただ抱くだけ」

「娼婦になると言ったのは誰だ」

「……そうね、私だったわね」

「タンゴを踊りたいのか？」

「さあ……わからないわ。ただ抱かれるよりは……マシなだけかもしれない」

力のない声で呟き、セシリータはイサークから顔を逸らした。

「唇が乾いている。少しは水分もとるんだ」

グラスに入った白ワインが口内に流しこまれていく。

「あ……いや……やめて……っ」

少し反発したため、白ワインがグラスから流れ落ち、首筋から胸を伝い、内腿へと落ちていく。布をとり、イサークはセシリータの首筋、胸のワインを拭《ぬぐ》おうとした。

「……っ」

布越しに身体を拭われるだけなのに、胸のふくらみに触れられただけでじんわりと下肢に甘い疼きを感じてしまう。

「……ずいぶんと淫らな身体になってしまったな」

そんなセシリータの変化がわかったのだろう、イサークはひざをつき、セシリータの腿をひらいた。

セシリータの薄い下着を下ろし、下肢に顔を埋めてくる。下着の裾をまくりあげられ、セシリータのやわらかな腿の付け根にイサークの息がかかる。彼の舌が肉の芽に触れるか触れないかといったそんな軽い愛撫に、セシリータはたまらず身をよじらせた。

「あ……っ……や……あっ」

なにか生き物が這っているような気がしてたまらない。セシリータは椅子に座ったまま身をのけぞらせ、イサークの髪をわしづかんだ。

「やめて……お願いだから……こんなこと……もう」

「だが、ここはその気になっている」

イサークがそう言って、もう蜜で濡れ始めたセシリータの会陰部を大胆なほど激しく舌先で嬲り始めた。

「ああっ、あ……当然よ……私だって人間よ……そんなふうにされたら……反応してしまうわ……あなたがそういう身体に……したのよ……淫らな娼婦に……」

「堕ちたものだな。どこまで自分を保っていられるか、さすが俺の好きになった女性だと納得させられる高貴さを見せてくれるかと思ったが、今では場末の娼婦同然の女に成り下がって」

「な……」

セシリータから離れて立ちあがると、イサークは冷ややかに見下ろしてきた。

「プライドをなくした女とはタンゴは踊りたくない。誇りをなくし、娼婦になりたいと言った浅ましい女。いや、浅ましいのは三年前もそうだったな。バレラ大尉のくれたダイヤをこれみよがしに見せつけ、俺を手酷く捨てたのだった」

「本心じゃなかったの。何度も言ったように、私はあなたを裏切ってないわ」

「言い訳など聞きたくない。俺も何度もそう言ったはずだ」

「弁解でも言い訳でもないわ、真実よ。私はあなたを守りたかったの。あなたを戦争に行かせたくなかったから。お兄さまとバレラ大尉があなたを戦争で殺す計画を立てていたから……スパイ容疑を立てて」

「あとになれば、どうとでも言えることだ。それなら、あのとき、どうしてそのことを俺に一番に言わなかった。それなら駆け落ちだってできたのに」

「そうよ、だからよ。あなたは私と駆け落ちしたでしょうね。だから言えなかったのよ」

「何だと……」

「私たちが駆け落ちしたら、家はどうなったの？　使用人たちが戦争で餓えていたじゃない。疎開先を必死にさがしているときに、私とあなた二人で駆け落ちなんてできないわ。あなたが私を助けてくれることはわかっていた。でも私だけが助かることはできなかった。あのとき、大尉は約束してくれたの、彼と婚約したら、軍を警備につけてくれると。だから私はあなたから憎まれるのを覚悟して……」

「……そうか、結局、俺をその程度の男としか思っていなかったのか」

　イサークは自嘲気味に笑い、吐き捨てるように言った。

「え……」

　セシリータは唇をこわばらせた。その程度の男？　どういうことなのか。

「バレラ大尉には頼むことができても、俺には頼めなかった。俺にはそれだけの力がないと思っていた。そういうことじゃないのか」

　その言葉に目眩を感じた。確かに……あのとき、考えもしなかった。私はイサークを信頼していなかったのだろうか？　いえ、違う。イサークを苦しめたくなかったのだ。その想いしかなかった。

「……そうよ、あのとき、あなたにそれだけの力があったの？　今でこそ、この街で裏社会の帝王と言われるような男になったかもしれないけど、あのときは私の家の一使用人でしかなかったじゃない。闘牛士としてデビューだってしていなかったし」

セシリータの言葉に、イサークは苦笑した。

「そうだな、そのとおりだ。おまえが正しい。あのときの俺には何の力もなかった。金もなく、身分もなく、権力者に踏みにじられるだけの小さな存在でしかなかった。そのことが痛いほど身に染みたよ。結局、力がなければ、愛する人間を失ってしまうのだという残酷な現実を思い知った。おまえと大尉の婚約の話を耳にしたときに」

「イサーク……」

「だが力をつけても、結局同じなのだということを、おまえとの再会によって思い知らされたよ。おまえはいつも憐れむような目で俺を見て、天使か聖母のような高潔さで俺の生き方を断罪し、そして慈しもうとする。おまえを見ていると俺は自分が惨めになる。無力で、情けない男だと」

「私があなたを惨めにしているの？」

「いや、もうやめよう。今日は仕事の会議がある。その前におまえの顔を見にきただけだ。すぐに出ていくよ」

イサークは暖炉に薪を足したあと、懐中時計をとりだし、時間を確認した。

「待って……イサーク、もうとりかえしがつかないの？　どうして私があなたを惨めにするの？　どうしてそんなふうに私を責めるの？」

「おまえのそういうところだよ。常に正しい答えを求め、まっすぐ前をむき、高貴さを失うことのない魂。俺の情婦にされても、娼婦に身を堕としても……おまえは絶対に穢れない。強く清く……そして綺麗なままだ。おまえの強さや美しさを目の当たりにするたび、俺は惨めになる。決して俺には手が届かない存在なのだとおまえが俺を嘲笑っているかのように思えて」

イサークの憎しみ、その歪みをもたらしたのは、もしかすると、過去への復讐ではなく、セシリータ自身の生き方だったというのか。

セシリータは呆然とした表情で目の前の男を凝視した。

身体から力が抜け、全身が急速に冷えていくような気がする。

「そう……私のせいなのね。私が……あなたを地獄に……追いつめたのね」

私は何のために生きてきたのだろう。もうなにもかもどうでもいい。

「私は……こんなにもあなたを愛しているのに……初めて会ったときから……あなただけが好きなのに……あなたしか愛したことがないのに……」

「セシリータ……」

「私はあなたを守れる女性になりたくて……あなたと一緒にいたくて……あなたが身分を超えて私のためにがんばっていることを知っていたから……私もあなたにふさわしくあろうと思って……誇りを失わないよう努力して……」

話している間にだんだん気力がなくなってきた。今さらこんなことを言っても、もう過去にはもどれない。そう、もうどんなに言ってもとりかえしがつかないのだ。

セシリータは脱力したように床にひざから崩れていった。もう、何もかもどうでもいい。もう前に進めない。進みたくない。強さも凛々しさももういらない。

疲れた――イサーク……私……もう疲れたわ。あなたを愛することにも……生きていくことにも。

激しい寒気とともに身体中がぎしぎしと軋《きし》むような気がしたそのとき、セシリータの視界がゆらりと大きく揺らいだ。

「――セシリータっ！」

イサークの声が頭上で響き渡っている。

「セシリータ、セシリータ！」

彼の声が遠くのほうで反響しているように感じながら、セシリータはいつしか意識を手放していた。

＊

気がつけば、天人花が咲くパティオにセシリータはたたずんでいた。

真っ白な花があたたかな風に揺れ、故郷にしかない甘美な香りを漂わせている。空にはなつかしいスペインの青空。『アルハンブラの思い出』の旋律が物憂げに鳴り響いている。

「どうしたのかしら。ここはどこ？　アルゼンチンじゃないの？」

ああ、ここはグラナダだ。グラナダに帰ってきたのだ。

遠くにはシエラ・ネバタ山脈、眼下には優美な王室礼拝堂と、ひしめきあうように建つ昔ながらの家々……その姿に、涙が流れ落ちてくる。大好きなグラナダ、大好きな故郷、大好きな大好きなスペイン。

そのとき、アルハンブラ宮殿の庭にいるのだということに気づいた。

噎せかえるほどの緑にあふれた空間。糸杉が連って立ち、甘い花の香りが漂い、水色やオレンジ、ピンクや白の花がたわわに咲いている。人気《ひとけ》のないパティオを歩いていると、泉のなかで、ピアノを演奏している大柄な男性の影に気づいた。

「あっ……」

泉を見て、セシリータは思わず立ち止まった。

「お父さま……お父さま、どちらにいらっしゃるの？」

パティオのなかに父の姿はない。けれど泉には映っている。そこで『アルハンブラの思い出』を演奏しているのだ。

もしかすると、この泉はあの世への入り口なのだろうか。

「お父さま……どうしてここにいらしたの？　……ああ、私、今からお父さまのいらっしゃるところに行こうとしているのね」

この泉に入っていけば、自分はもうこの世から消える。そんな気がした。

タンゴではなく、聞こえてくるのは故郷の音楽。そこにいけば父がいる。

私は死んでしまったのね――と思ったとき、最後に自分を抱いていた男の腕の感触が甦ってくる。

『セシリータっ、セシリータ、セシリータ！』

泣きそうなあの声はイサークだ。自分を抱きしめ、必死に呼びかけるイサークの、血の気を失った顔がまぶたの裏に刻まれている。思いだすと胸が痛んだ。それを振り払うように父に声をかける。

「お父さま、私、泉のなかに行ってもいいかしら？」

父はピアノを演奏する手を止め、セシリータを見つめた。

「どうしたんだ、おまえらしくないな。そっちの世界でがんばって生きていくと、いつも心に誓っていたのに」

「ええ、ずっとそう自分を奮い立たせてきたわ。でももう疲れたの。もういやなの。もうイサークと一緒にいるのが辛いの」

セシリータはぽろぽろと大粒の涙を流した。こんなにも自分が弱かったのかと不思議に思うほど。それとも父に甘えているのだろうか。

「どうしてそんなことを。イサークはおまえのすべてじゃなかったのか」

「ええ、そうよ。イサークは私の魂、私のすべてよ。だから守りたかったの。彼までも戦争で失いたくなかったの。だから彼を守りたくてバレラ大尉と婚約したのよ」

「おまえの気持ちはわかるよ。愚かな選択かもしれないが、あのときはそれしか方法がなかったことくらい」

「しかたなかったのよ。いつまで戦争が続くかわからなかったし、使用人たちの身も守らなければいけなかったし、お兄さまとバレラ大尉がイサークをスパイ容疑の冤罪で逮捕するって相談していたから、私、あの方法しか思いつかなくて。でも私のしたことは、私にとって一番大切なイサークを傷つけてしまったの」

父は哀しそうな顔でセシリータを見つめた。

「私は間違っていたわ。使用人たちを疎開させたあと、イサークと心中してしまえばよかったのよ。そうすれば私たちの魂だけは綺麗なままでいられたのに。彼のなかに憎しみや復讐といった負の感情を芽生えさせることもなかった。私たちは、子供のときのままでいられたのよ」

「セシリータ、だがそれでは結局は幸せになれなかったよ。大人になれば、誰だって子供のままではいられない。泥をかぶり、負の感情をかかえ、そのなかであがいて、その先にある真の幸福をつかむのが大切なんだ。なにも知らない無垢なままの幸せなんて、この世にはないんだよ」

「……お父さま……」

「乗り越えていきなさい、イサークと。彼の魂を救ってあげなさい」

「そうしたいわ。でも私もう傷つきたくないの。あの人を愛すれば愛するほど私、傷ついてしまう。あの人も傷つけてしまう。それでも幸せになれるの？」

「イサークの魂の声がおまえには聞こえないのか？」

「……聞こえないわ。なにも聞こえてこない。だって……イサークは私を愛していないわ。憎んでいるだけ、私に復讐したいだけ」

「そんなことはない。おまえと同じだよ。おまえたちは鏡だ。じっと自分の心を見つめるように彼の心を見つめてみなさい。真実が見えてくるから」

私たちは鏡？　――その言葉にセシリータの胸は抉られた。

そのとき、どこからともなく響いてくる声があった。ドラマティックでメランコリックなタンゴの音楽とともに。

『セシリータ、たのむ、逝《い》かないでくれ。おまえを喪ったら、俺はどうやって生きていけばいいんだ、セシリータ、セシリータ！』

イサークの声だった。いったい、彼はどこにいるのか。見まわしてもどこにも彼はいない。アルハンブラ宮殿のむかいにそびえているサクロモンテの丘――彼とふたりで過ごした白い洞窟住居を見ても、彼の姿はない。でも確かに彼の声は聞こえてくる。

(イサーク、どこにいるの、どこ？　私はここよ、私のところにきて)

そう返事がしたい。それなのに声が出ない。イサークに話しかけようとすると、父に話しかけていたときと違って声が出ないし、身体が動かない。

イサーク、大好きなイサーク、イサーク！　助けて！

「イサーク……助けて！　私はここよ！」

必死に喉から声を出したその次の瞬間、セシリータの身体をたくましい腕が抱きしめた。すがるように、セシリータはその腕にしがみつく。

そんなセシリータを強くかきいだく腕。

朦朧として意識がはっきりとしない。自分はどうなってしまうのか。

『……セシリータ、逝くな、逝かないでくれ。おまえは俺の魂だ、俺のすべて。おまえを喪ったら、俺も生きていられない。だから……セシリータ……逝くな』

祈るような声だった。

切ないその声が耳元で響き、熱い腕が強く身体を抱きしめている。

耳に伝わってくるイサークの心音。それから遠くから聞こえてくる雨音とタンゴの調べ。

うっすらと目を開けると、イサークが自分を覆うように抱いている。

「セシリータ……しっかりしてくれ。まだ熱が高い……今晩が山だと医者が言っていた。何とか今晩、もちこたえてくれ」

イサーク……やっぱりイサークの腕なのね。

（ああ、そうだ、私は車の事故にあって、イサークに助けられて、一緒に電車に乗ったんだわ。そしてパンをふたりで分けたの）

セシリータは手をさまよわせ、イサークの肩に手を伸ばした。

「私は大丈夫だから……このパン、一緒に食べましょう。全部……半分にしましょう」

切れ切れに言ったセシリータの言葉に、イサークが大きく目を見ひらく。

「何だと……」

眉をひそめ、イサークがセシリータの顔をのぞきこんでくる。

その黒々とした眸に見覚えがあった。なつかしい眸だ。この目を見ていると、もう大丈夫、もう怖いものはないと思っていた気がする。

「お兄ちゃん……お兄ちゃんね」

眸に涙が溜まってくる。ウサギのぬいぐるみを抱きしめて泣いている小さな女の子と、彼女に声をかけている男の子の姿が頭に浮かぶ。

「セシリータ……どうしたんだ」

「お兄ちゃん、あのウサギのリタちゃん……どこにいったの？」

あれは母が買ってくれたウサギのぬいぐるみだ。セシリータと似ているから、リタちゃんと呼ぶようにした。

「ウサギって……あれは……」

「あのとき、セシリータのママ……死んじゃった。戦争の格好をした男の人たちが……車の前になにか投げて、花火みたいに爆発したの」

どうしたのだろう、今ごろになって記憶が甦ってくる。

母とともに、地中海にある大きな城のような建物で、厳かな結婚式に参加したあと、グラナダの自宅に帰る途中だった。海沿いの断崖の近くを車で通っていたときのことだ。

『あれだ、貴族どもの車だぞ！　皆殺しにしてしまえっ！』

誰かの声が響いたと思うと、大きな爆発音がして――――。

「お兄ちゃんが助けてくれたのね……お兄ちゃん……ありがとう……お兄ちゃん」

セシリータは泣きながら、イサークの手を強くにぎりしめた。

「お兄ちゃん、私をお嫁さんにして。私……お兄ちゃんのお嫁さんになりたいの」

どうしたのだろう。次から次へと自分でもよく分からない言葉が出てくる。イサークは明らかに混乱した顔でセシリータを見ていた。

「セシリータ……まさか熱で頭が。待っていろ、今、医者を呼んでくるから」

イサークがセシリータの手を離して去ろうとする。セシリータは無意識のうちに手を伸ばして、背をむけた彼の腕をつかもうとした。

「待ってっ……行かないで……行かないでっ！　私をひとりにしないで」

とっさに大きな声を出し、イサークを止めようとした。頭がくらくらとしてそのまま勢いあまって、セシリータの身体はベッドから滑り落ちてしまう。

「セシリータ！」

イサークが腕を伸ばしたおかげで、セシリータはその腕に胸から倒れこんでいった。かろうじて落下は免れた。

「……っ……高熱があるんだぞ、駄目じゃないか、動いたりしたら」

自分を諌めるようなイサークの声にほっとする。

「行かないで。私がお兄さまから……あなたのことを守ってみせるから。戦争に行かせたりしないから……」

「戦争って……セシリータ……」

耳元でイサークが問いかけてくる。

「お兄さまがあなたを戦争に行かせるって……。でも駄目よ、絶対に行かないで。イサーク、お願いだから……私のそばにいて」

熱のなか、朦朧としながら、セシリータは必死にイサークに訴えた。

絶対に戦争に行かないで。あのときの悲痛な想い。そして戦争で喪ったと思ったときの激しいショック。熱にうなされながら、そんなことを何度も何度も口にしている気がした。

「お願い……お願いだから……行かないで」

泣きじゃくるセシリータを抱き、なだめようとするように、イサークがぽんぽんと優しく背を叩いてくる。

「わかった、わかったよ、セシリータ……俺はどこにも行かないから」

セシリータの身体を抱き締め、イサークの手が髪を撫でていく。優しい声とあたたかな腕、慈しむような漆黒の眸。自分たちはまだグラナダにいるのだ。

(そうよね、私が悪夢を見ていただけなのよね。長い長い悪夢を……)

そう思うと身体が軽くなった。

「よかった……今度は止められたのね……イサーク……戦争に行かなくて済むのね。私は……間違ってなかったのね」

ほっとしたように呟きながら、セシリータはイサークの胸に顔をうずめた。

　ああ、あたたかなイサークの胸。ぽろぽろと涙が流れ落ちてくる。

「そうだったのか。おまえの言っていたことはすべて……」

　なにか独り言のように呟くイサークに、セシリータは不安になった。

「お願い……行かないって約束して。私に……どんなことを言われても……私の内側にある真実を……信じて……」

「セシリータ……」

「あなたの私への……気持ちが、私のあなたへの気持ちなの。……いつもそう……同じなの。鏡なの。出会ったときから……ずっとそう。内側に……真実があるの」

　熱があって身体が苦しい。それなのに、身体の一部が異様に冴えてしまって、これまで溜めこんでいたものが次々と言葉となって出てきた。

「内側に真実――」

　イサークの顔が青ざめている気がした。昏い闇を孕んだようなその眼差しに、セシリータは不安になった。

「イサーク……もう行かないわよね」

「ああ、どこにも行かない。だからもうおまえが犠牲になることはないんだよ。俺のためにバレラ大尉と婚約なんてしなくても」

「犠牲じゃないわ……あなたを喪うことに比べたら……この世に怖いものなんて……なに

もないんだから」

「いいから、もういいから、何の不安もないから」

どうしたのだろうイサークの声。変だ、泣いているような気がする。

「ひとりにはしない。だから、さあ安心して横になって」

イサークが慈しむようにセシリータをベッドに横たわらせ、氷嚢《ひょうのう》を額に置いてくれる。

優しいイサーク。出会ったときと変わらない。それなのに、イサークが私を憎んでいるなんて恐ろしい夢を見てしまった。ブエノスアイレスの娼館で、娼婦にしてしまうなんて、どうしてそんなおかしな悪夢を見てしまったのだろう。

「よかった、夢だったのね。私……ずっと怖い夢を見ていたの。あなたが私を憎んでいるの……そんなことあり得ないのに」

静かにほほえみ、セシリータはイサークの腕に手を伸ばした。眸からはなおもぽろぽろと熱い涙が流れ落ちていく。イサークの手のひらがそれを拭ってくれる。

「そうだ、おまえを憎むなんて……本当に、どうかしていた……何で憎もうとしたんだろう、何で……憎んで欲しいなんて思ったんだろう」

「もう憎くないの？　憎しみは……捨てるの？」

「ああ、本当にどうしてそんなものを持ってしまったんだろう、こんなに愛しいのに」

耳元で囁くイサークの声が心地いい。安心したせいか、セシリータの身体のなかで張り詰めていたものが少しずつゆるみ始めていた。

「いつだって、おまえは俺の魂だし、俺のすべてなんだから」

俺の魂、俺のすべて――よかった、あなたはまだ私を愛してくれているのね。

「私も……私もよ……イサーク……あなたは……」

私のすべて……と言いかけ、セシリータは今度こそ意識が少しずつ消えそうになっていることに気づいた。

「もうあなたのお嫁さんにはなれないけど……よかった……それだけでもよかった」

また熱があがってきた。苦しい。このまま消えてしまうのかもしれない。けれど最後に彼のなかに、もう憎しみが存在しないとわかってよかった。

「お嫁さんになれないって……もうバレラ大尉ともリオネルとも結婚しなくていいんだ。もう使用人の心配はない。戦争の心配もない。おまえは自由なんだから」

「でも駄目なの……私……ブエノスアイレスで……悪魔とタンゴを踊ったから」

朦朧とした最後の意識のなかで、セシリータはそんなことを呟いていた。

「え――」

セシリータの髪を撫でていたイサークの手が止まる。

「私……穢れているから……悪魔の娼婦になったから……もうイサークの……お嫁さんに……なれないの」

どうしてそんなことを呟いたのか、もうよくわかっていなかった。

「セシリータ、セシリータっ、しっかりするんだ！　おまえこそ逝くんじゃない、どこにも逝くな、たのむから逝かないでくれ！」

イサークの声が遠くで響いている。そう思いながら、そのまま気持ちの糸がぷつりと切れ、セシリータはまた意識を失っていた。


その後、セシリータは何日も生死の境をさまよっていた。

スペインからの長い船旅の疲れに加え、食事をしていなかったために体力が落ち、さらにはイサークとの関係にストレスを感じていたせいだったのかもしれない。

生死の境からもどってきたあとも、身体が重く、セシリータは身動きすることができず、ずっと眠り続けた。その間、何度もイサークの声が聞こえていた気がするが、どんなことを彼が口にしていたのかわからない。

途中で、何度か目を覚ました気もするが、それすらもよくわかっていなかった。

そしてようやく起きあがれるようになったのは、倒れてから二カ月と少し経ってからのことだった。

八　星空のタンゴ

どうして喪いそうになってからでないと、本当の自分というものが見えなかったのか。

どうしてそれまで、罪の重さに気づかなかったのだろう。

どうして彼女が必死で訴えてきたことを、自分は信じようとしなかったのか。

タンゴの流れる場末の酒場で、イサークはカウンターで酒を飲みながら重いため息をついていた。

彼女が倒れてから二カ月と少し。

何度も生死の境をさまよいながら、今朝、ようやくセシリータは起きあがれるようになった。

彼女を喪うかもしれないと思ったあの夜、彼女がそれまでどんな想いでいたのか、ようやくイサークにそれがわかった。

（セシリータをあそこまで追い詰めたのは俺だ……）

生きる気力を失ってしまいそうになるほど。

倒れたあと、しばらくは高熱に意識を朦朧とさせながら、『お父さまのところに……逝きたい。もう生きているのが辛いの』と彼女はうわごとをくりかえしていた。

途中で目を覚ましてからも、高熱のせいで意識が混濁していたのだろう。急に幼いときの話をし、母親の死を思いだしたりしていた。

（あのときは、熱のせいで……彼女がどうにかなってしまったかと思ったが……）

その後、彼女は自分たちがまだ三年前のグラナダにいるのだと勘違いしていた。

だから必死になって、戦争に行かないでくれとイサークに訴えた。

瀕死の病人のどこにこんな力があるのかと驚くほどの気迫で、イサークにすがりつき、戦争に行くな、自分が守るからと懇願してきた。

（目が覚めた。あの瞬間、雷に打たれたように、はっきりと目が覚めた）

彼女が命がけで、自分のすべてを懸けてまで守ろうとしたものが自分だったということにはっきりと気づいて。

続けて、胸に湧いてきたすさまじい後悔と絶望の嵐が身体中に吹き荒れた。

俺は何てことをしてしまったのか。

俺は真実にも気づかず、どうしてセシリータに憎しみをぶつけようとしたのか。

俺の目は、一体、なにを見ていたのか。

俺の耳は、一体、なにを聞いていたのか。

出会ってから十四年、俺はなにをして過ごしてきたのか。

ただただ彼女を愛してきたはずだったのに、ここにきて、自分はその一番大切な相手になにをしてしまったのか。

己の行動の愚かさにようやく気づいたとき、さらに追い打ちをかけられるようにイサークは彼女のひきだしにあったネックレスに気づいてしまった。絹のハンカチで包まれていたそれは、イサークがかつて彼女に送ったものだった。

結婚式の会場から攫ってきたとき、花嫁衣装の下に隠していたのだろう。肌身離さず、表面からわからないように。その心の根底にあるもの――それが彼女の真実だと気づいたとき、目の前が真っ暗になった。

奈落の底にたたき落とされた気分だった。もうとりかえしがつかないのではないか、そんな激しい後悔に胸がかきむしられていたとき、腕のなかで今にも消えそうな声で彼女が言った言葉が最後の衝撃を与えた。

『もうあなたのお嫁さんにはなれないけど……よかった……それだけでもよかった』

小さな、細い声。どうして彼女はそんなことを言うのか。

『お嫁さんになれないって……もうバレラ大尉ともリオネルとも結婚しなくていいんだ。

もう使用人の心配はない。戦争の心配もない。おまえは自由なんだから』

必死になって慰めようとしたイサークの胸に、しかしセシリータの次の言葉がさらなる刃として突き刺さった。

『でも駄目なの……私……ブエノスアイレスで……悪魔とタンゴを踊ったから』

イサークは全身が氷結するような錯覚をいだいた。

『え――』

今、彼女は何と言ったのか。悪魔とタンゴとは……。セシリータの髪を撫でていた手を止め、イサークは顔を引きつらせて彼女を見下ろした。

『私……穢れているから……悪魔の娼婦になったから……もうイサークの……お嫁さんに……なれないの』

悪魔の娼婦――――!

重いハンマーで後ろから頭を殴られたような衝撃に、イサークは言葉を失った。

俺は何ということをしてしまったのか。

セシリータをどれほど傷つけてしまっていたのか。

彼女の意識のなかでは、グラナダで戦争に行くまでのイサークと、今年の六月に再会したイサークとは別人になっているらしい。

『イサークは私の魂、私のすべて』

朦朧としている意識のさなか、彼女がそんなふうに言っていたのは、三年前までのイサークでしかない。過去の自分だ。

『悪魔とタンゴを踊ったから』

悪魔……セシリータにとって、今のイサークは悪魔なのだ。過去のイサークとはまったく別の人間として、彼女のなかで認識されているのだろう。

自業自得だった。自分が放った銃弾が自分に跳ねかえってきたようなものだ。

再会してから今日まで、『俺を憎めばいい』と口にして、存在を消されるよりは憎まれたほうがマシだとうそぶき、『憎しみを捨てて』と必死に頼んでくる彼女を無視して、イサークは歪んだ愛憎しか彼女にぶつけてこなかった。

（そうだ……あれは俺への罰だ……彼女を信じようとしなかった俺への）

あまりの己の罪の重さに、目の前が真っ暗になり、それから今日までもうずっと生きた心地がしていない。

どうすれば彼女に償えるのか、どうすれば彼女を幸せにできるのか。

『帰りたい、グラナダに帰りたい。ここはいや、ここは嫌い』

熱にうなされるなか、何度もそんなふうに彼女はうわごとをくりかえしていた。

いっそスペインに帰すべきなのか。

（駄目だ……そんなことをする勇気が持てない）

スペインにもどしてしまったら、おそらくもう二度と会えないだろう。

彼女と離れて、一体、この先のイサークの人生になにがあるというのか。

それならばいっそ悪魔という立ち位置のまま、これまでどおり、彼女を娼婦扱いしていくべきなのか。

（いや……それは無理だ。もう俺は彼女を傷つけたくない）

それよりもこれまでのことを謝罪し、深く反省し、ここで彼女に家を与え、彼女が平穏に暮らしていけるよう、自分の残りの人生を捧げるべきなのか。それこそ永遠に彼女の奴隷になるというくらいの思いで。

（そうだ、それしかない）

明日、娼館に行き、彼女に謝罪しよう。そしてこれからの人生でこれまでの罪を償わせて欲しいと頼もう。

そう決意し、バーの片隅で酒をあおっているときだった。

（……っ）

聞き慣れない車のエンジン音が耳をかすめたかと思うと、外で銃声が聞こえた。はっとした次の瞬間、酒場に銃をもった四人の男たちが現れた。

「イサーク、こんなところにいたのか！」

「きゃーっ」

店内の客が叫び声をあげるなか、見知らぬ男たちがイサークを取り囲もうとする。

ここに入ってきたということは、外を守らせていた護衛二人がやられたということだ。

響き渡る銃声。イサークは自分の胸から二丁の銃をとりだし、両手に銃を構えて男たちを次々と撃った。

一対四……このくらいの人数なら軽く倒せる。

「あとは手はずどおりに」

マスターにそう告げると、イサークは地下室を通り、地下道を抜けて、ブエノスアイレスの路地裏に出た。

この店にイサークがいるのを知っていたということは、イサークの組織のなかに裏切り者が存在するということになる。イサークはそれがわかっていて、そうなるよう、あらかじめ組織のなかに罠を張っていた。

（この前……スペインから帰国するとき、セシリータの荷物のなかに、誰かが大量のコカインを隠していた。船を下りる前に気づいたからよかったものの……）

もし税関でそれがばれれば、セシリータはそのまま麻薬を密輸しようとしたとして、その場で逮捕されてしまっただろう。

誰かがそれを積み荷のなかに入れたとするなら、ブラジルで寄港したあと、セシリータの部屋に出入りをしたことがある者だけだ。

おそらく犯人は、ブラジルでコカインを入手し、一番安全な場所として、セシリータの衣装ケースの一番下にそれを隠しておいたのだろう。

だからブエノスアイレスに到着したとき、セシリータがあのような格好で逃走したのは、実は不幸中の幸いだったのだ。

彼女が身投げをしたのではないか、あるいはどこかに隠れているのではないかとさがしていたときに、衣装ケースの底に麻薬を見つけたのだから。

あの貴賓室に入れる者がいたとすれば、秘書のホセ、船内の給仕係、タンゴの楽団のメンバー、それからイサークがスペインに行くために引き連れていった十数人の部下たち。メイドの四人も可能性がないとはいえない。念のため、この国にきてから、使用人たちには、一切、彼女と口を利くなと命じてある。

なにかあったとき、とりかえしがつかなくなるからだ。

だが、おそらく犯人は使用人ではないだろう。

裏切り者がいるとすれば、秘書のホセか、引き連れていった十数人のなかのだれかだ。

イサークは、組織の財源として、麻薬と殺人ビジネス、それから戦争への武器の密売だけは避けるように徹底している。

酒場、娼館、賭博場といった裏社会特有の仕事だけでなく、土地の売買、牧場経営、ワイン農場等、新たなビジネスも手がけている。

けれど部下のなかには、手っ取り早く金儲けができる手段として、麻薬の密売がしたいと訴えてくる者が多い。

それだけではない。マフィアに入っている者たちのなかには、自分たちの利権、金儲けのためなら、平気で仲間を裏切り、暗殺する者が絶えない。

（マフィアである以上、俺は……これからも……命を狙われ続ける）

セシリータの婚約の話を聞き、いてもたってもいられなくなり、彼女を攫うため、スペインにむかった。

彼女に贅沢をさせるだけの金は手に入れた。

侯爵家にいたとき以上に彼女を着飾らせ、スペインでの暮らし以上に優雅に、開拓者や移民ばかりのいるこの国で、女王のように輝かせるだけの力は手に入れた。

だからこそ連れてきたのだが、今、こうして帰国して改めて思う。

マフィアとして生きている自分の世界に彼女を連れてきてよかったのか、否か。

答えは……否だ。

イサークからの憎しみを受けるよりは娼婦として生きたいと希望したこともあり、彼女を娼館に閉じこめたおかげで、自分の抗争に巻きこまずには済んでいるが、あのまま自宅に連れて行っていたらどうなったことか。

イサークの唯一の弱点。この世で唯一、愛している者が彼女だとまわりに知られれば。

（いや、とうに知られているだろうか。ホセか、あの船にいた部下たちのなかに裏切り者がいるのだとすれば）

ただ、彼女がイサークから逃れようと逃走したことや、イサークが表向き彼女を娼婦として扱っていることもあり、愛の対象、弱点であるとまではまだ気づかれていないかもしれない。だとしても、それも時間の問題だろう。

（本当に俺は……何て愚かな男だ。彼女をさらってきて……自分のものにすることしか考えていなかった。いや、他のことがなにも見えていなかったのだ）

心の目が歪みすぎて、彼女のなかの真実が見えなかったように。

この国に彼女を連れてくることがよいことなのかどうか、彼女の安全が確保できるか否かまで、考えるだけの冷静な判断力に欠けていたのだ。

だが自身の罪を自覚し、彼女への贖罪を決意した今、正しい愛情をもって接するにはどうしたらいいかという視点で見たとき、いかに彼女が今危険にさらされていて、自分と彼女の住む世界は明らかに違ってしまったのだということを改めて認識する。

『マフィアだなんて……光のなかで生きていく約束だったじゃない。闘牛士になって成功して、私と光のなかで生きていく、だから学歴もつけて、父からも支援されて。それなのにどうして闇の世界なんかに！』

再会した直後、マフィアだと打ち明けたときに彼女が悲痛な声で言った言葉が、今さらながら胸に重くのしかかる。

そのとき、イサークは、一緒に地獄に堕とすためにもどってきた、と告げ、セシリータも『闇の世界』『裏社会』に堕とすくらいの勢いで、彼女に激しい憎しみをぶつけてしまった。

だが、今の自分にはもうできない。彼女を地獄に堕とすくらいなら、自分が死んだほうがマシだと思う。

そう、永遠に会えなくなったとしても、永遠に喪うよりはずっといいのだから。

先日、彼女が死線をさまよったときに、はっきりそう認識した。

彼女は自分の魂、自分のすべて。どんなに離れていたとしても、どんなふうに思われたとしても、それでも彼女を危険に晒し、喪ってしまうよりはずっといい。

悪魔だと思われていても、むしろ悪魔だとイサークを憎み、ふたりの愛を忘れて、彼女が愛する故郷で生き生きと暮らしていくことのほうが。

(そうか……そういうことか)

そのとき、イサークはようやく気づいた。今、本当にこの瞬間に、三年前、彼女が戦争に行かせたくないという思いで、悲痛な決意をして、イサークを突き放したときの本当の気持ち、その心のなかの真実が。

「そうか……そういうことだったのか――――」

あまりにも愛するゆえに、あまりにも大切に思うゆえに、その相手の幸せを願って悪者になろうとした彼女。

あまりの愛の深さ、あまりの一途な切ない想いに、今、ようやく気づき、いてもたってもいられない愛しさに、胸の奥が熱く震える。

（セシリータ……わかったよ、おまえの愛の意味が。ただ手に入れるためだけではない、本当に相手の幸せ、相手の生を祈ろうとしたおまえの愛の深さが）

セシリータを本国に返そう。このままだと抗争に巻きこんでしまう。

『所詮はむなしい世界じゃない。戦争と変わらないわ』

セシリータの言葉を思いだしながら、その翌日、イサークは次の船でクリスマスまでにスペインに戻るというメルセス宣教修道女会の一行を訪ね、多額の金を寄付し、セシリータをグラナダの侯爵家に送り届けて欲しいと頼んだのだった。

自分の危険から遠ざけるために。そして自分への愛を忘れ、彼女が生き生きとスペインで暮らしていけるように、やれるだけのことはやっておこう、そう思って。

＊

どうしたのだろう、突然踊りに誘うなんて。

「──セシリータ、回復祝いにタンゴを踊りに行かないか」

その夜、突然現れたイサークは、いきなりセシリータを黒いドレスで着飾らせ、恋人たちがタンゴを踊るためのダンス会場──ミロンガへと連れて行った。

「私とは踊らないんじゃなかったの？」

「回復祝いだ。今日くらい休戦してもいいだろう」

どうしたのだろう。今夜のイサークはとても優しい。そう不思議に思いながら、広々としたダンスホールに入り、ふたりで一曲目のタンゴを踊る。

軽やかな、ほんの少し身体を絡めるだけのタンゴ。久しぶりにイサークに触れるにはちょうどいい距離感だった。

「すっかり元気になったようだな」

ほっしたようなイサークの表情からは、以前のような憎しみは感じない。なにかが彼を変えたのだろうか。

「もう私への憎しみはないの？」

問いかけると、しかしイサークはすぐに視線を落とし、「まさか」と冷たく吐き捨てた。

セシリータの心に、また重いものがのしかかってくる。

無理なのだろうか。彼の心のなかから憎しみを取りはらうのは。

「喉が渇いたわ」

ぼそりとセシリータが呟くと、イサークはカウンターにむかった。そのとき、音楽がメランコリックなバラードに変わる。

セシリータはうつろな目でホールの円柱にもたれかかり、ため息を吐いた。

甘やかな旋律にたゆたうように、恋人同士が絡まりあって踊り始める。

まるで自分たちの情交の場を見せつけるかのようなエロティックな踊りをぼんやりと見ていると、いきなり数人の男たちに取り囲まれ、バラードを踊らないかと誘われた。

「お嬢さん、踊っていただけませんか」

「ごめんなさい、パートナーがいるから」

セシリータは彼らに背をむけて去ろうとした。だが、そのうちの一人――金髪の男が無理やりセシリータの身体を抱きこんできた。

「な……なにをするの」

「一曲くらいいいだろう」

男はフロアの真ん中でバラードを踊ろうと足を絡めてきた。そこにワイングラスを手にしたイサークがもどってくる。

「なにをしてるんだ」

イサークの手のなかにあったワイングラスの中身が金髪男の髪にふりかかる。

「俺の女になにか？」

冷たく言うイサークの顔を見るなり、セシリータに絡んでいた金髪男たちの顔が蒼白になる。彼らはすぐに去って行った。

けれど誤解をしてしまったのか、イサークはそのままセシリータの腕をひっぱってフロアの奥にある円柱の陰にひきずりこんでしまう。

「他の人間と口を利くなと言っただろう」

「待って、私は断ったのよ。パートナーがいるからと」

「これは罰だ、他の男と踊ろうとしたおまえへの」

「誤解よ……私は……っだめ……こんなところで……やめて……それ以上は……っ」

反射的に逃れようと、手のひらでイサークの肩を押しあげる。

けれど大柄なイサークの体躯に覆われ、圧倒的な力の差によって、セシリータはまったく身動きできなかった。

「やめて……やめ……っ！」

必死に抵抗しようとするセシリータの声を、イサークのくちづけが奪いとる。

それから罰と称して、濃密なくちづけとともに、セシリータのやわらかな胸を下から包みこむように揉みあげ、指先で乳首にじわじわと刺激を与えてきた。

「覚えておけ、おまえは俺のものだ、俺だけの娼婦だ」

「ん……やめ……違う……私は……っ」

セシリータの反論を遮るように、イサークが再び唇をふさいできた。唇と歯のすきまを割り、侵入してきた舌に舌を搦めとられる。思った以上に優しく、あたたかなくちづけに意識がくらくらとする。

「ふ……っ……んんっ……はあっ……んっん……ふ……っ！」

憎しみなのか、怒りなのか、イサークの手が荒々しく胸を揉みしだき、セシリータはとまどいと緊張と羞恥で全身をこわばらせることしかできない。

そんなふたりのやりとりに気づくこともなく、フロアではしっとりと流れるタンゴ・アルゼンチーノに乗って身体を密着させた十数人の男女がなやましくタンゴ踊っている。

音楽のせいだろうか。耳から鼓膜に溶けてくるタンゴの旋律に煽られるかのように、イサークからの激しい愛撫と狂おしいくちづけを受けていると、セシリータの身体は燃えあがるように熱くなっていく。

彼の怒りや憎しみへの哀しみや心に溜まった鬱積が取りはらわれるかのように、音楽に心と身体を揺さぶられてしまう。

タンゴ……きっとタンゴのせいだ、私がこんなふうになってしまうのは。

タンゴは、男と女の愛の踊り。

そしてセックスの交わりにも似た踊りだ。

『この踊りは、俺とおまえの関係に似ているな』

イサークもそう言っていた。

憎しみ？　闘い？　それとも愛？　どれが私たちの形なのだろう。そんな疑問が胸に湧いてきたが、息苦しさが募ってそれすらも考えられなくなっていく。

濃密なくちづけと荒々しい愛撫に意識がくらくらとし、いつしかセシリータは目を瞑り、イサークの愛撫に身をまかせていた。


その日は、近くで大きなパーティがあるため、娼館の娼婦たちが客たちとくりだしているらしく、店のなかにはセシリータしかいないようだった。

昨夜のイサークはどうしたのだろう。なにかが変だ。

ミロンガでみだらな愛撫をしてきたものの、セシリータを抱くことはなく、あのあとすぐに娼館にもどってきた。

(おかしな人……いつもと違っていたわ)

おだやかな顔をしたかと思うと、険しい表情をして。

そんなことを考えていると、ふとピアノの音が階下から聞こえてくる。

『アルハンブラの思い出』……。

切なく物憂げな故郷の音楽が、いつもはタンゴが流れている下の方から螺旋階段の吹き抜けを通して上まで聞こえてきていた。

はっとしてドアを開ける。鍵はかかっていない。

手すりから下を見れば、緋色の螺旋階段の下に、イサークがいた。

「あなたは……パーティに行かなかったの？」

階段の上から、セシリータはイサークに声をかけた。

薄暗い店内。ふだんは娼婦たちで華やかな雰囲気に包まれているのだが、人がいないと、ただただ華美な装飾だけが悪目立ちしてしまう閑散とした空間になる。

「フロアでおまえと踊ろうと思って待っていたんだ」

「私と？」

「今夜は誰もいない、おまえと心置きなくタンゴが踊れる。下りてこい」

イサークに誘われるまま螺旋階段を下りて、人気のなくなったフロアに入る。セシリータは裸足のまま、薄いひざ丈のガウンを着ただけの姿だった。

「この服に着替えろ」

赤い薔薇の刺繍がほどこされた黒いドレスと黒いハイヒール。

華やかなルビーのイヤリングに、ダイヤとルビーのネックレス。

どうしたのだろう、突然、踊ろうだなんて。

イサークは、いぶかしく思っているセシリータを気にする様子もない。

コロニアル調のランプに火をつけると、大理石の柱と人気のないフロアがぼんやりと浮かびあがった。

イサークが蓄音機のスイッチを押すと、バンドネオンの淋しげで甘やかな音色が軋むような音を立てて、誰もいないホールに響きわたる。

「さあ、手をとって」

イサークはセシリータの正面に立ち、長い腕を差しだしてきた。

「今夜はおまえと一晩中踊りたい」

「それは……命令？　それとも……」

いぶかしげに問いかけるセシリータに、イサークは首を左右にふった。

「頼みだ。朝まで俺とタンゴを踊って欲しい」

ホールにひざをつき、手を差しだす男がかすかにかすれた低い声で懇願してきた。

バンドネオンの音色がセシリータの鼓膜に、切なく溶け落ちてくる。

命令なら部屋にもどるつもりだったのに、そんなふうに甘ったれたことを言われると断れなくなってしまうではないか。

やはり昨日からイサークは変わった。

憎いままだ、憎しみは捨てていないと言ってはいるけれど、彼のまなざしや声にはもう憎しみは存在していない。それがはっきりとわかった。

「……わかったわ」

セシリータはイサークに手を伸ばした。その手をとり、イサークが立ちあがる。

「今だけ忘れて欲しい。過去にあったことも、俺がおまえを憎んでいることも、おまえへの復讐も……そう、過去も今もすべて。ただ対等な男女として心ゆくまでタンゴを踊りたい」

イサークはセシリータの腰を抱きこみ、自分に密着させた。

「……っ」

胸が圧迫され、互いの下肢が衣服越しにこすれあう。イサークにリードされながら、セシリータは彼にあわせてステップを踏んだ。

メランコリックなタンゴの旋律の下、いつもは娼婦と客でひしめきあっているフロアに、イサークとセシリータの靴音だけが響きわたっている。

過去も今も忘れてタンゴを踊りたいだなんて……一体、どうしたのだろう、イサークは。

今夜の彼はとてもおだやかだ。再会してから一度も感じなかった、清々しさのようなものさえ感じられる。そのせいなのか反対に胸騒ぎを感じる。彼が遠くにいってしまうような不安感とともに。

「どうした、なにを考えている？」

セシリータは顔をあげた。

「別に……」

自分をなやましげに見つめる漆黒の眸は甘く優しい。昔の彼のようだ。

しかしそうしてセシリータがじっと見ていると、彼はすぐに視線を逸らしてしまう。冷ややかな、こちらを拒絶するような空気を漂わせて。けれど、どういうわけかそんな彼の横顔を見ていると、ぼろぼろになったウサギのぬいぐるみのリタを思いだすのだ。

かわいがりすぎて、気がつけば手がもげて、耳がとれかかってぼろぼろになっていた。それ以来、セシリータはぬいぐるみをかわいがらないことにした。

あまりにも愛し過ぎて、ぼろぼろになったときに哀しくなってしまうから。

「あなたの顔……リタちゃんに似ているわ」

ふと呟いたセシリータの言葉に、イサークが眉をひそめる。

「は……？」

「どうしてかしら。あなたの顔がリタちゃんに見えるの。私が愛しすぎて、ぼろぼろになって、今にも壊れかかったときの、うさぎのリタちゃんに……」

「セシリータ……」

イサークが困ったような顔をしたそのとき、フロアに流れていたタンゴが甘く官能的なバラード調に変わった。

「おまえという女は……物事の真実がわかるのか」

自嘲気味に呟くと、イサークはセシリータの背を強く抱きこんだ。

「え……っ」

胸が密着したとたん、ふくらみが圧迫され、相手の心音が聞こえてきそうになる。

セシリータはさぐるように上目づかいで男を見あげた。

「帰りたいか……グラナダに」

やはりそうだ。イサークは私を手放すつもりだ。

「あなたは？　あなたは帰りたくないの？」

さっき彼がピアノで演奏していた『アルハンブラの思い出』がタンゴの旋律のむこうから甦ってくる。

ふたりでままごとのような生活をしていたサクロモンテの丘。貧しくて、食べるものにも困ったし、贅沢もなにもできなかったし、身体を洗うときは井戸から汲んできた水で盥に湯をはって、あとは藁の上に拾ってきたシーツを敷いて、ふたりで一緒に寄りそって眠るだけの生活だった。

なにもなかった。けれど今思うと、一番幸せだった気がする。

「あなたの魂は……まだあの丘にあるんじゃないの」

セシリータの問いかけに、イサークが押し黙る。そのときの顔もウサギにそっくりだ。今にも壊れそうになって、まわりから、新しいのを買ってあげるから早く捨てなさいと言われても捨てることができなかったウサギのリタ。

仕方なく、イサークに頼んで直してもらった。針と糸を借りて、耳をくっつけなおして、手を作り直して。

それでもリタは長持ちせず、結局、ばらばらになってしまって、知らないうちにメイドに捨てられてしまった。

「セシリータ、グラナダにいたときの俺はもういない。今、俺は殺すか殺されるか——というマフィアの世界で生きている。もうおまえの知っている俺はいないんだ」

「だから……あなたから血の匂いがするのね」

さっき胸に湧いた漠然とした不安の正体は、彼に危険が迫っていたせいなのか。

「昨日もうっすらとそんな気がしたわ。あなたにフロアで円柱に押しつけられたとき。くちづけのせいで、すぐにそんな意識は飛んでしまったけど……もしかして、組織の抗争に巻きこまれているの？」

そのとき、車が停まるような音が聞こえ、イサークの表情がけわしくなった。

「……敵だ」

声を押し殺して呟き、イサークはセシリータの肩を抱き寄せて、胸元から銃をとりだし

た。背筋に戦慄が走った次の瞬間、

「―――――っ!」

銃を手にした男たちが、いきなり大量にホールになだれこんできた。銃声が響き渡り、窓硝子が割れ、ばらばらと音を立ててフロアに落ちてくる。

「セシリータ、俺の後ろに!」

セシリータを背にまわし、イサークが銃を向けた。

鼓膜が破れそうなほどの、何発もの銃声が鳴り響く。男たちの手から銃が弾け飛び、次々床に倒れていく。その男たちのむこうに知った顔を発見し、セシリータは驚いて目をみはった。

(あそこにいたのは、秘書のホセだったのでは……)

しかし確かめようにも、あたりには銃撃戦の煙が濛々《もうもう》とたちこめ、視界もおぼつかない。

イサークがセシリータの手をとる。

「セシリータ、刺客だ。逃げるぞ」


イサークの運転する車がブエノスアイレスを出て、パンパの大平原へとむかう。

アルゼンチンはパンパで有名だが、セシリータは初めてその光景を見た。

組織のなかにイサークと対立している者がいて、敵対する組織にセシリータを売ろうとしていること。そして彼らが、イサークの次の地位にいるホセをそそのかしていることを、逃亡中説明された。

「残念だが、ホセを倒さなければ……組織に示しがつかない。それがマフィアの掟だ。だが、その前にやられる可能性もある」

「もしホセを倒せなかったらどうするの」

「おまえとふたりでどこかに逃げてもいいかもしれないな」

冗談めかしてイサークが言う。

「逃げては駄目よ。どうするの、組織は。娼館やあなたが運営している仕事は」

「そうだったな、あのときもおまえは、俺に駆け落ちなんて無責任なことをさせまいとしたんだったな」

「ではホセと闘いましょう。とりもどして、あなたの世界を」

「セシリータ」

「逃亡は絶対に駄目。逃げないで闘うの。でも血は流さないで。ナンバー2なのに、どうしてあなたを裏切ったのか、その理由を確かめて。なにか真実があるはずよ。でないと、ずっと憎しみは連鎖するわ」

「理由を確かめるだと？　だが裏切り者には死、それがマフィアの掟だ」

「あなたがボスよ。そんな掟、あなたが変えればいいのよ。血を流すために、ここで大きな組織を築いてきたわけではないでしょう？　自分がこれまでしてきたことを信じて」

　ふたりでどこか違う国に行き、生きていくことも可能だった。だがセシリータは、イサークがこれまでここで築き上げてきたものを大切にして欲しかった。

　彼が生きるために働き、得たもの。彼の努力の証。

「そう思ってくれるのはありがたいが、それはすべておまえをとりもどしたいから努力してきたに過ぎない」

「私をとりもどしたくて？」

「そう……失ったものをとりもどしたくて足掻いた結果だ」

　イサークは見わたす限りのパンパに車を進め、平原のなかにある石造りの小さな小屋の前で車を停めた。

「今夜はここで過ごそう」

「いいの？　こんなところで。まわりにはパンパ以外、なにもないわよ」

「だが真夜中のパンパを車で走るなんて、追っ手にここにいるとわざわざ場所を知らせるようなものだ」

「わかったわ。朝までここで待機するのね。なら、イサーク、さっきの続きを踊りましょう。タンゴを、朝まで踊る約束だったでしょう」

見渡すかぎりの大平原。

頭上を見あげると、恐ろしいほどの数の星がまたたいている。

ブエノスアイレス――とは、スペイン語で、『良い空気』『綺麗な空気』という意味の言葉である。この土地に初めてきたスペイン人たちが、あまりの空気の綺麗さに感激してそんなふうに名づけたらしい。

「確かに……ものすごく綺麗な空気ね」

娼館にいるときはさして感じなかったが、こうして大平原にいると、いかにこの地の空気が良いかがわかる。

それほどの空気のなかにいるせいだろうか。

見あげると星々もスペイン以上に輝き、夜空はどこまでも透明感のある深い夜の海の底のように見えた。

「……綺麗な星空だ。最後にこんな場所で踊れてよかった」

「最後って……私を生涯閉じこめるんじゃなかったの」

「それでいいのか？　死ぬまで俺としか接触せず、生涯、誰にも知られずにそっと消えていくかもしれないんだぞ。ましてや今、ホセと抗争をしているさなかだ。誤って殺される可能性だってある」

「そのつもりで私を情婦にしたんじゃなかったの？　今さらどうしてそんなこと言うのよ。私をたくさん苦しめたくせに」

「確かにそうだ。おまえを俺の檻のなかに閉じこめ、朽ちさせたかった。だが朽ちさせたくないという気持ちも存在する」

イサークはひどく淋しそうな笑みを見せた。

「愛の檻なら閉じこめられてもいいわ」

「セシリータ」

「憎しみではなく、愛の檻なら。あなたが私を愛しているのなら」

「それでいいのか」

「そうしてもいいのよ。あなたが満たされるなら、私はそれで幸せだから。あなたが愛が欲しくて私を閉じこめるのなら、私はそれでいいの」

「どうしてそんなことを言う……おまえってやつは」

セシリータをじっと見たあと、イサークは深々と息を吐いた。

そして小さくかぶりを振る。

「おまえはやはり美しい。グラナダの太陽、ひまわり、光を浴びたまま変わらない。そしてグラナダの星のようにきらきらとしている。もう俺には帰れない場所……」

夜空を見あげ、なつかしそうに目を細めるイサーク。

そうだ、彼はもうグラナダに戻ることができないのだ。

セシリータを殺したマフィアとして指名手配されている。スペインに入れば、彼は逮捕され、処刑されてしまうのだ。

だからもうあの美しい場所には自由に帰れないのだ。たとえセシリータが生きて帰ったとしても、貴族の娘を誘拐した罪からは逃れられないだろう。結婚式場には政治家や警察関係者もいたから。

「なら、私も帰らなくていいわ。グラナダよりもあなたとの時間のほうが私には大事だから。ふたりでこの美しい空気の街で生きていきましょう」

イサークの手をつかみ、セシリータはその長い指の骨張った手の甲にキスをした。

「いいじゃない、ここで。グラナダでなくてもふたりで生きていきましょう。またままごとみたいに一から作りあげてもいいじゃない」

ここで十分だと思った。なにもない大平原の上で十分だった。この手がつかんでいるぬくもり。そしてふたりが一緒にいられれば、ほかにはなにもいらない。なにも必要ない。

そんな気持ちになりながら、ふたりで星空の下でタンゴを踊った。

イサークがセシリータの腰を抱きこみ、ステップを踏んでいく。

セシリータがイサークの肩に手をかけた。脚の間にイサークの膝が入りこみ、ぐいとセ

シリータの腰を引き寄せる。

「あ……っ……」

イサークはいろんな顔をもっている。そう思った。

過去の優しかった顔。

今のマフィアとしての恐ろしい顔。そして快楽を教えこもうとする獰猛な牡としての夜の顔と、タンゴを踊るときの憂わしげで官能的な顔。

妖しいタンゴのリズム。身体に絡みつくような誘惑的な踊りがイサークの美しい顔立ちをいっそうなやましく感じさせ、セシリータは昔の彼ではなく、今の彼にこそ惹かれているのだということを実感するようになった。

タンゴを踊ると相手の心がわかる。イサークはそう言っていたけれど、それは違う。イサークの心はわからない。けれど自分の心だけははっきりとわかる。

(私は三年前までの優しいイサークを愛していた。でも今は、ここにいるイサークをもっと愛している)

三年間、ひとりで生きてきた彼が好きだ。地獄をさまよい、這い上がろうと、ここで懸命に生きてきた彼に惹かれている。

そして誤解したまま私を憎み、それでも心の奥底には、透明な純粋な愛を抱いているイサークの歪な形の執着すらも愛しく感じる。

タンゴを踊っていると、そんな自分の心がはっきりと見えてきた。

互いの息を感じるほど密接に躯が重なったかと思うと、ゆっくりとイサークが唇を近づけてくる。

セシリータはまぶたを閉じた。

唇が重なり、イサークの手がセシリータの胸や腰をかきいだいてくる。ふたりはそのまま星空の下で、静かに唇を重ね続けた。このままここで抱かれても抵抗はしなかっただろう。しかしイサークがセシリータを抱くことはなかった。

九　私の人生、私の魂——MI VIDA　Y MI ALMA

本当に何て空気の綺麗な国なのだろう。なにもかもが透明で美しい。

アルゼンチンにきて数カ月。

昨日、イサークとパンパを逃走し、星空の下でタンゴを踊るなかで、セシリータはようやくこの国がとても美しく、とても魅力的で、そしてイサークのように、なにも持っていなかった男でも、実力だけでのしあがることができるエネルギッシュな場所だということに気づき始めていた。

身分も地位も人種も関係なく、歴史的な因習もなく。

「だとしたら、あなたはこの国では大統領になることも可能なのね」

明け方、パンパを車で出たあと、朝陽に包まれ、黄金色に輝く大平原を見わたしながら、セシリータはぼそりと呟いた。

「俺が大統領？」

「そうよ、この国ならそれも可能なのよ」

　そう思ったとたん、ずっとなつかしかった故郷への愛しさとは別の、心が明るくはずむような、楽しいことがたくさん待ち受けていそうな、そんな愛しさをこの国に感じてしまう。命を狙われて追われているというのに、どうしてそんなふうに感じるのだろう。

　やがてイサークの車は、川沿いへと進み、最初にこの街にきたときに船が停泊したボカの港に着いていた。

　ここからだと、ホセが奪おうとしているイサークの娼館や酒場はそう遠くない。どうしてこんな危険な場所にきたのかと首をかしげるセシリータを連れて、イサークはそこにある教会にむかった。

「はい、セシリータさまですね。お待ちしていましたよ。まだメルセス会の修道女の方はいらしていませんが、セシリータさまの件なら承知しております。夜の出航まで奥の聖堂でお待ちになってください。衣装ケースも運んでありますので。今は廃教会になっていますからご遠慮なく」

　受付のような場所で鍵をあずかると、イサークはセシリータを連れて教会の敷地のなかにある壊れかかった聖堂へとむかった。

「イサーク、どうしたの？　どういうこと？　どうして私をこんなところに」

「俺は明日、ホセとの闘いに赴かなければならない。おまえと約束したとおり、正面からたちむかって、ホセを倒し、自分のものをとりもどす」

「……そう、応援しているわ」

もしかすると危険だから、それまでここにいろということなのだろうか。

「おまえとはこれで終わりだ。今夜、スペイン行きの船が出航する。メルセス会の修道女たちにおまえの同行を頼んでおいた」

「え……」

セシリータは耳を疑った。

イサークはいきなりなにを言うのだろう。

「指名手配犯ではあるが、ひそかにスペインの土地や財産を手に入れている。それをすべておまえに譲る手続きもした。だから本国にもどるんだ。侯爵家を継いでいるおまえの従兄にも連絡をとった。セシリータは死んでいない。あの死体は、フリオが家の名誉を考えて用意したので、本当の彼女はブエノスアイレスにいる。彼女を帰国させるので、彼女のスペイン国民としての地位と、安心して暮らせる環境を用意して欲しいと」

「そんな……」

なにも聞いていない。どうしていきなりそんなことを。

「おまえは国に帰っても大丈夫だ。俺は俺で明日、ホセとの闘いにカタをつける。できれば血を流さずに。だがどうなるかわからない。その場で殺される可能性だってある。だからおまえはその前に船に乗って」

「何でそんなことを言うの。あなたは殺されるものですか。私は信じてる。話しあえると。だからここに残るわ。やっとこの国が好きになりかけたのに。この国での目標も見つけたのに」

　セシリータはふっと笑った。

「目標？」

「そう、あなたをこの国の大統領にするの」

「な……」

　セシリータの突然の言葉に、イサークは唖然とした。

「俺が……俺が大統領だと……マフィアの俺が？」

「そうよ、マフィアは早々にやめて、実業家になって大統領になるの」

「バカなことを」

「ねえ、聞いて、イサーク。グラナダにもどって侯爵家の人間として生きていても、あなたのいない世界なんて私には必要のないものなの。それよりも私はここでマフィアの情婦として生きてやるわ。そしていつかあなたを表の世界に送りだす手伝いをするの。身分も地位も、貴族なんて関係のないこの国だからこそ、あなたはどこまでものぼっていくことができる。だからあなたを大統領にするの」

「セシリータ……おまえというやつは……」

イサークの声が震える。

「昨日、この国の美しい空気、ブエノスアイレスという言葉の語源になった大平原の空気を吸っているうちに、この国が好きになったの。綺麗な風景や空気も好き、場末のミロンガで踊るような妖しいタンゴの時間も好き、美しい星空の下で踊るタンゴも好き……でもなにより好きなのは、この国に身分制度がないことよ。努力次第で、どこまでものしあがっていくことができる。だから好きだわ」

セシリータの言葉に、イサークは大きく息を吸った。

「おまえは……そんなことを」

「もうあんな悔しい思いはしたくないの。実力がないのに、身分だけであなたにひどいことをし続けたフリオ兄さん、それから地位を利用してあなたを罠にはめようとしたバレラ大尉。ああいうのはもうイヤなの。夢を見たいの。がんばったらがんばっただけ報われるような社会を作るという夢。あなたならそれが作れるはず。だから私は陰からその手助けがしたいの」

「……っ」

イサークは信じられないものでも見るような目でじっとセシリータを見つめた。

「違う、俺じゃない、それを作るのは俺じゃない」

「イサーク」

「それを作るのはおまえだ。俺がおまえの手助けをする。女性だから、大統領になれないのなら、俺が代わりにそれを目指す。だが、この国の真の大統領になるのは俺じゃない、おまえだ。セシリータ、おまえがこの国の女王になるんだ」

　イサークの言葉にセシリータは目をみはった。

「揺るぎのない強い意志、清らかな心、絶対に逃げようとしない精神、悪に屈服しない気高さ、そしてすべての人を愛し、大切にしたいと思う気持ち、戦争への憎しみ……そんなものをすべて抱えた人間、そんな人間でなければ新しい世界は作れない。俺はおまえを新しい世界の女王にするため、生涯、命がけで支えていく」

　生涯、命がけで――――。

　その言葉に涙があふれそうになった。では、イサークは憎しみではなく、生涯、セシリータを愛してくれるということなのか。

「誓う、これからの人生のすべてをおまえに捧げると」

　イサークはそう言うと、そこに運びこまれていた衣装ケースのなかから一枚のドレスをとりだした。

「これ、覚えているか」

天窓からの明かりに照らされ、イサークがとりだしたのは、純白の華やかなドレスだった。

シルクでできたそのドレス。それから男性用の白いスーツ。

それは、セシリータの初聖体拝受とイサークの堅信式を、父が同時にやってくれたときに、二人が身につけた衣装と同じものだった。

「覚えているわ。あのとき、グラナダのカテドラルで一緒に誓ったわ」

初聖体拝受と堅信式は、カトリックの子供にとっての記念の儀式。

純白のドレスとスーツが婚礼衣装みたいに見え、ふたりでこっそり聖母の前で、結婚式の真似事をしたのだ。

いつか本当に結婚しようと誓って。

「これを着たおまえに誓わせてくれないか、生涯の愛と忠誠を」

滑らかな肌触りの絹のドレス。今着ているような、タンゴを踊るためのドレスではなく、清楚で慎ましやかな、それこそ聖母が身につけるような衣装だ。

「これは花嫁衣装じゃない。今さら私が着ていいのかしら。私の身体は……」

「おまえは綺麗なままだ。穢れているのは、悪魔……俺だ。そんな俺でもこの服を着ようとしているんだ、おまえが着てなにが悪い。さあ、早く今の毒々しいドレスを脱いで」

イサークは、今着ているドレスを脱がせ、白いドレスを着せようとする。

「ちょ……やめて……毒々しいってあなたが着せたのに。ちょっと待って……それに下着までとらないで」

「黒い下着は花嫁衣装に合わない」

「だめよ、下着がないと、足下がすかすかして」

「すぐに脱がす。だから大丈夫だ」

セシリータはあきれたように笑った。

「結婚しよう、セシリータ」

「え……」

「だから着てくれ」

イサークの言葉に、胸が熱くなり、セシリータは唇をわななかせた。

そんなセシリータのほおにそっとキスをすると、イサークはドレスと一緒にとりだした白いハンカチを差しだした。

そこに包まれていたものを見て、セシリータは大きな眸をさらに震わせた。

「……これは……っ」

イサークがくれたネックレスだ。ひきだしにしまっておいたものだった。

「これをつけて、俺の花嫁になってくれるか」

いつこれに気づいたのだろう。セシリータの心の真実、彼への変わらない気持ち。

「ええ、ええ……ええ、もちろんよ」

涙が流れそうな気配を感じ、ただただその場で震えているセシリータに、イサークはドレスを着せ、その一番大切なネックレスをつけてくれた。

そのときの優しい眼差しに、セシリータは心がどんどん浄化されていくような心地よさをおぼえた。もうこんな顔は二度としてくれないと思っていたのに。こんなふうに幸せそうにほほえみ、優しい目で見つめてくれるようになるなんて。

本当に彼は自分のことを大切に思ってくれている。彼は本当に私を愛してくれているのだ。

そう思うと、早くふたりで神の前で愛を誓いたくなってきた。

「少し待ってろ。今から俺も着替える」

彼がシャツを脱いだとき、セシリータははっとした。そのとき、初めて彼の裸を見たことに気づいた。

「イサーク……それは何なの」

彼の身体にある傷痕。これまでの情交のなかで、いや、再会してからというもの、一度も、彼がセシリータの前で衣服を脱ぐことはなかった。

その胸にも腕にも幾つもの銃痕がある。かなり新しいものだ。けれど背中にある十字架のような傷痕だけは時代が違うような気がした。しかも銃創ではなく、明らかに刃物で斬られたようなものだった。

「これは……古い傷ね。これ……」

背中の十字架のような傷痕……。よく見れば、十字架ではない、セシリータの家の牧場の牛たちに、所有の証として焼きごてでつけている牧場のマークだった。

「まさか……まさか……まさか……お兄さまにされたの？」

「いや、違う。これは牢獄で」

「ではバレラ大尉がしたの？」

イサークは答えなかった。

だがわかった。これはバレラ大尉がつけたものだということが。スパイとして、汚名を着せただけでなく、家畜同然だという烙印を押したかったのだろう。

「ごめんなさい、私はあなたを本当に苦しめてきたのね。よくもこんなひどいことを。やっぱり身分のない実力主義の社会を作っていかなければ。ああいう人たちが力を持たないような美しい国を」

「セシリータ、謝るのは俺のほうだ。おまえに裏切られたと思い込み、おまえへの復讐のために生きてきた。再会してからひどいことをしてきた。本当にすまなかった」

イサークは白い衣服を身につけると、白いドレスをまとったセシリータの前にひざを落とし、その靴の先に誓うようにキスをしてきた。

「イサーク……」

「やっとわかった、おまえのなかにある真実が。自分を犠牲にしても、憎まれたとしても、相手の命を守りたい、そのためにすべてを投げだそうとしたおまえの美しく清らかな愛の形。俺はずっとそれを見ようとしなかった。どうか許して欲しい」

セシリータのドレスの裾をつかみ、イサークがすがりつくように謝罪してくる。これ以上ないほど辛そうな、それでいて愛しいものにひれ伏しているという表情で。

セシリータは淡くほほえんだ。

「許さないわ、誰が許すものですか」

「セシリータ」

イサークが顔をあげると、セシリータの背からまばゆい朝の光が降りそそいできた。

「私に謝っても許さないわ。あなたの仕打ちを忘れるものですか。生涯、許しません。だからその代わり、私を愛して。生涯、愛し続けて」

ほほえみながら、それでも凛とした口調で言ったセシリータを、イサークは神々しいものでも見るような眼差しで見あげ、そしてその手をとってキスをしてきた。

「誓う、一生愛すると」

その言葉が教会の聖堂に響き渡ったとき、ステンドグラスから差しこんできた虹色の美しい光彩がふたりをきらきら煌めかせた。

二人の幸せな未来、愛の強さを祝福するように。

＊

その数日後、セシリータはホテルの一室でじっとイサークの帰りを待っていた。

ブエノスアイレスの中心部——華やかなオペラ座の真向かいに建ったこのホテルで、ちょうど今、彼の組織の人事異動が行われている。

今朝、イサークはホセを始め、幹部全員をこのホテルの会議室に呼びだした。

ホセと和解するために。彼がこの地で築いてきたものを信じて。

『血で血を洗う抗争をする気はない。俺はホセと話し合いをする』

イサークは幹部全員で話しあって、ホセにマフィア事業の全権を譲る約束をするつもりらしい。

そして自分はマフィアではない事業、すでに彼が個人的に始めている不動産業や貿易事業、それから今後、計画をしていた学校事業に専念できるようにすると言っていた。

「話し合いは終了した。明日からマフィアの事業と俺の事業を分けることが決まった。今後、ホセがマフィアの首領になり、俺はただの会社経営者になる」

深夜、会議が終了したあと、少し疲れた顔でイサークが部屋に現れた。

それでも清々しい眸をしていることから、彼の話し合いがうまくいったのだということがわかった。

「おめでとう、イサーク。ホセの裏切りの理由もわかったのね」

「裏切りのむこうには、見えない真実があるはず。教えてくれたのはおまえだ。ホセの見えない真実は……彼の家族だった。敵対する組織に家族を捕らえられ、俺を殺すように脅されていたのがわかった。だから彼の家族を救い、改めてやり直して欲しいということを頼んだんだ」

そう、誰もが表面からは見えない真実をその奥に抱えている。自分もそれを見失わないようにしたい。この先、ここでイサークと生きていくために。

セシリータは心のなかでそう決意していた。

「明日、もう一度、結婚式を行おう。ブエノスアイレスで一番大きなカテドラルを予約してきた。最高の式にしよう」

「ありがとう、イサーク。でももう結婚式をあげたじゃない。ふたりだけで」

「だがこの街の全員に見せつけてやりたい。俺の妻はこれほど美しく、これほど素晴らしい女性だと」

「そうね、将来の大統領夫人として、みんなに会っておいてもいいかしら」

冗談めかして言いながらほほえんだセシリータを抱きしめ、イサークは囁く。

「愛している、セシリータ」

「私も……私もよ」

「明日、未来の大統領とその夫人として……みんなの前で愛を誓おう。それからはずっと一緒だ……愛しあってタンゴを踊って」

「そして生涯をここで終えるのね」

何て素敵なのだろう。

愛する相手と永遠に生きていくことができるなんて。この体温や肌の感触を永遠に味わうことができるなんて。

「だからセシリータ……これからもう俺には強さは見せなくていいから」

イサークの言葉に、セシリータははっと目を見ひらき、息を呑んだ。

「もう必要ないから、自分を奮い立たせて虚勢をはらなくても、全部俺がひきうけるから。俺にはたくさん甘えてくれ。おまえが強さの仮面で隠している弱さ、脆《もろ》さも守っていけるだけの男になる。明日、それを誓うから」

胸が熱くなった。

気づいていたのね。私の弱さにも。私が精一杯自分を奮い立たせていたことにも。

「大好きだ、セシリータ」

音を立ててついばむようなくちづけをしながら、イサークが胸に手を差し入れてくる。

セシリータはそれを止めた。

「駄目よ、結婚式まではおあずけよ」

「バカを言うな、がまんできない」

セシリータをベッドに押し倒し、白いドレスをはだけさせ、胸元をイサークの舌先が嬲り始める。

たがいに衣服をすべて脱ぎ捨て、その夜、ふたりは初めてなにもつけないままの姿で抱き合った。

傷だらけのイサークの身体が愛しい。

背中の十字架のような刻印、彼の傷も一緒に背負って自分も生きていく。

乳房を荒々しく揉みながら、イサークは熱く濡れた舌先で乳首をやわやわとつつき始めた。ゆたかな乳房を弄ぶ綺麗なイサークの指先。切なげな唇。タンゴを踊るとき、狂おしげにセシリータの手をとっていた指先が身体に快楽を芽生えさせてくれる。

ああ、マフィアをやめても、憎しみを捨てても、獣のような荒々しい愛し方は変わらない。そう実感した。

欲しくて欲しくてたまらないといった性急な動きだった。

そして、そんなふうに求められただけで、自分もおあずけができないほど感じ始めていることにセシリータは気づく。

彼が胸からへそ、そして恥丘へと唇を移動させていく。そのくすぐったいような、それでいて身体の芯が甘く疼いてしまう体感に、腰のあたりが溶けそうになってしまう。

「ん……やめ……ああ……んっ」

ダメだ。イサークの巧みな舌の動きに、淫靡な気分になっていく。

セシリータの脚を割って、娼館でよくそうしていたように、広げた脚の間の割れ目に舌を差し入れ、煽情的に体内で蠢かしてくる。

それだけで身体の奥がどうしようもないほど昂ってくる。

セシリータはたまらなくなって、イサークの肩に爪を立てた。一瞬、イサークがぴくりと動きを止める。

「感じているのか」

「やめて……そういうことを言うのは」

「うれしいからだ。おまえが俺に感じているのが。もっと感じさせて、もっと気持ちよくさせて、快楽の波のなかでおまえを溺れさせたいから」

そう言って、セシリータの腰を持ちあげ、イサークが体内に入ってくる。

ぐぅっと狭い膣口を割って、巨大な肉塊が押し入ってくる圧迫感に、セシリータは大き

く身体をのけぞらせた。

じわじわと体内で彼の熱い塊が膨張し、子宮口を圧迫していくときの、このなやましい感覚がとても愛おしい。

密着して抱きついていると、胸の膨らみに重みを感じ、肌と肌とがこすれあうときに乳首や乳房が圧迫されるのが愛撫のようで好きだ。

その抱きあっているときの感覚にセシリータはようやく一番大切なところに戻ったような安らぎを感じていた。

私の愛、私の魂……。

明日からまたタンゴを踊り、ふたりでずっと愛しあっていく。

ただそれだけのことがこんなにも幸せだなんて。

そう思いながら、セシリータは愛するイサークの腕のなかで、際限のない快楽を感じ、幸せなまま絶頂をむかえていた。

あとがき

初めまして。このたびはお手にとっていただきまして、ありがとうございます。

本作は私にとって初めての男女の小説で、とても緊張しています。

自分が乙女系を書くとは夢にも思っていなかったのですが、ソーニャ文庫様の「歪んだ愛は美しい」というコンセプトと、『罪と罰』由来のレーベル名に心惹かれて挑戦してみました。ということで、マフィアと侯爵令嬢の恋、楽しんでいただけたでしょうか？

作品の設定──主従関係、下克上、マフィア、タンゴ、スペイン等々は、今までに何度も書いてきており、最近は控えるようにしていたので、最初にリクエストいただいたときは躊躇したのですが、前担当様の「乙女系は初めてなので、どうせなら好きなものを書かれては？　男女だと違う形になりますから」というお言葉に心が揺さぶられ、長い間、我慢してきたスイーツを解禁したような勢いで……私的な王道を満載した作品を書いてしまいました。……で、どうだったかというと、確かに、男性のときには書いたことがないような漢前なヒロインになった気がしないでもないような？　ドMで健気で歪んだヒーローは、ふだんもよく書いていますが、今回はさらに魂の底からの反省と後悔と謝罪に力をいれましたので、そのあたりを楽しんでいただけたらうれしいです。

今回はヒロインに綺麗なドレスを着せられるので、少し時代をさかのぼって、いつか挑戦してみたいと思っていた一九四〇年前のスペインとアルゼンチンをイメージモデルにしました。あくまでモデルということなので、さらっと触れただけですが。また闘牛に関しては、本作で使用した「勝者」という言葉は「牛を相手にした勝ち負け」ではなく「どう猛な牛を前にした時の、自分自身の恐怖心に打ち勝って、素晴らしい闘牛をした勇者」の意味での「勝者」ととらえていただけましたら、リアル闘牛愛好家として大変うれしいです。

イラストのDUO BRAND.様、上品で美しいセシリータとちょっと悪そうでかっこいいイサーク、本当にありがとうございました。カバーもモノクロも官能的かつ優美な雰囲気で、華やかなドレスや、土下座シーンも描いていただけてとても嬉しかったです。

前担当様、ご一緒できなくて残念でしたが、その節はありがとうございました。現担当様、ずっと右往左往していた私に、根気よく優しく、かつ的確なご指導、本当にありがとうございました。乙女系挑戦中の作家T様にもたくさん助けてもらいました。担当様と彼女がいなかったから、私、一行も書けませんでした。心からの感謝を。

そして読んで下さった皆様、本当にありがとうございます。少しでも楽しんでいただけたらうれしいですが……いかがでしたか？　よかったら感想等お聞かせくださいね。

発売日、奇《く》しくも、私、作品の舞台になったグラナダの近くで闘牛を観ているはず。遠い地から、皆様への感謝をこめて——本当にありがとうございます。

Sonya
ソーニャ文庫

この本を読んでのご意見・ご感想をお待ちしております。

◆ あて先 ◆

〒101-0051
東京都千代田区神田神保町2-4-7 久月神田ビル7階
㈱イースト・プレス　ソーニャ文庫編集部
華藤えれな先生／DUO BRAND.先生

マフィアの愛《あい》は獣《けもの》のように

2015年9月5日　第1刷発行

著　者　華藤《かとう》えれな
イラスト　DUO BRAND.《デュオ ブランド》
装　丁　imagejack.inc
ＤＴＰ　松井和彌
編　集　安本千恵子
発行人　堅田浩二
発行所　株式会社イースト・プレス
〒101-0051
東京都千代田区神田神保町2-4-7 久月神田ビル8階
TEL 03-5213-4700　FAX 03-5213-4701
印刷所　中央精版印刷株式会社

ISBN 978-4-7816-9560-0
定価はカバーに表示してあります。

Sonya ソーニャ文庫の本

『初恋の爪痕』　藤波ちなこ

イラスト　北沢きょう